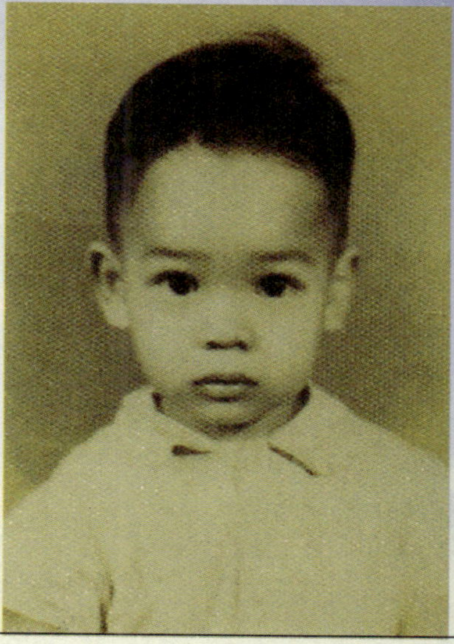

1952年刘墉三岁。

1953年刘墉与其父刘世骏、其母陈淑华合影。“独生子，一家人的宝贝。”

1957年八岁的刘墉。1958年最疼爱他的父亲因直肠癌逝世，从此他失去了幸福的童年。

1964年刘墉高中时获台湾全省演讲比赛冠军。

1965年刘墉因肺病休学一年，在家自修绘画及诗，他认为那年不但没有失，反而在文学艺术上有许多领悟。

1968年刘墉以第一志愿进入台湾师范大学艺术系。1969年当选为“中国写作协会”师大分会会长。经常举办活动并崭露头角。

1970年刘墉大二时开始演舞台剧，这张剧照右边为演“小太保”的刘墉，中立女生是正跟刘墉谈恋爱的毕薇薇。

1971年刘墉也擅长朗诵诗，由他导演的诗剧四次获“全国青年学艺竞赛”冠军。

1971年刘墉获“中国新诗学会”颁发“优秀青年诗人奖”。

1971年刘墉主演《红鼻子》获话剧欣赏演出委员会颁最佳男演员“金鼎奖”。

1971年刘墉与毕薇薇自己跑到法院公证结婚。

1972年刘墉大四时以《溪山雪霁图》获台湾师范大学美术系师生美展国画第一名“教育部长奖”。

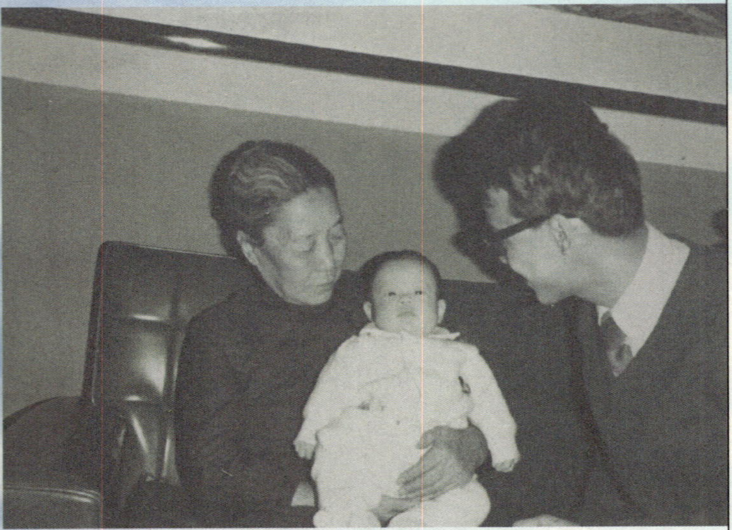

1972年刘轩出生，刘墉的寡母开心极了。

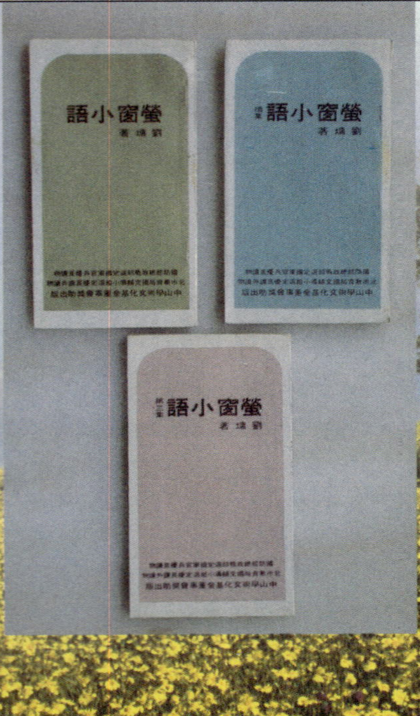

1973年刘墉的成名处女作《萤窗小语》出版，其后每年一本，都极畅销。

1973年刘墉与毕薇薇抱着儿子刘轩摄于家中。

1973年刘墉被“中国电视公司”礼聘为新闻部记者，而且破例在未就任前即开始担任新闻主播。

The Camden Chronicle

Covering Greater Kershaw County And The World Daily

Camden, South Carolina Tuesday, August 1, 1978 10 PAGES

Artist Ending Camden Visit

By JOHN VAN DALEN
Associate Editor

Chinese artist Liu Yung takes his work very seriously and it encompasses many different endeavors in the field of the arts. The 29-year-old native of Taiwan has had four books of poetry, prose and essays published, has won much recognition for his painting and is a TV news reporter.

Yung has been in the United States since February exhibiting and teaching in Virginia and New York City, lecturing, painting and sending articles about the United States back to a newspaper in Taiwan.

Recently he has had his lyrical landscape and mood paintings exhibited in Knoxville, Tenn., Greenville, and for the past few days in Camden at the Kershaw County Fine Arts Center. He will give a lecture-demonstration at the Center Thursday night at 7:30, the last day of his exhibit here.

At only 29, Yung has accomplished much more than his years would seem able to contain. He won the Eminent Youth Poet Prize in 1971 and the Golden Tripod Prize for his leading role in the drama "The Happy Man" in 1970. He has made his living in Taiwan (The Republic of Free China) as a news reporter and commentator for China Television Company and has taught in the university.

But Yung's primary creative outlets are painting, poetry and writing. He is an art educator revealing to audiences the story of Chinese painting and art so that they may acquire a greater understanding of Chinese culture and history.

The Friends of Free China, the National Museum of History and Arts and the National Information Office of the Republic of Free China have sponsored him on his lecture travels and tours. He has traveled

See ARTIST, page 10

LIU YUNG
...Chinese artist and poet

1978年刘墉被选为“最受欢迎电视台记者”后辞职，应邀前往美国参加展览。

1978年刘墉应聘美国维吉尼亚州丹维尔美术馆驻馆艺术家。经常到各大学教课示范。

1980年刘墉初到纽约时，也兼任“中国电视公司”驻美代表。这是他采访赵小兰时与其父赵锡成等家人合影。　　　　罗中郎摄影

1980年刘墉应聘为纽约圣若望大学专任驻校艺术家后连续出版七本中英文绘画论著。

1989年刘墉的女儿小帆出生。这是兄妹在钢琴前合影。

1990年刘墉在台湾举行“黄山归来”画展，摄于十二尺巨作前。

1991年刘墉应聘返台，为编写《中国文明的精神》，刘墉在北京拜访音乐家收集中国音乐史的资料。

1991年刘墉为编写《中国文明的精神》多次到大陆作乡野考察，这张照片是冬天考察时摄于北京周口店。

1991年刘墉带刘轩寻根及考察、写生，这是在山西大同云岗石窟的留影。

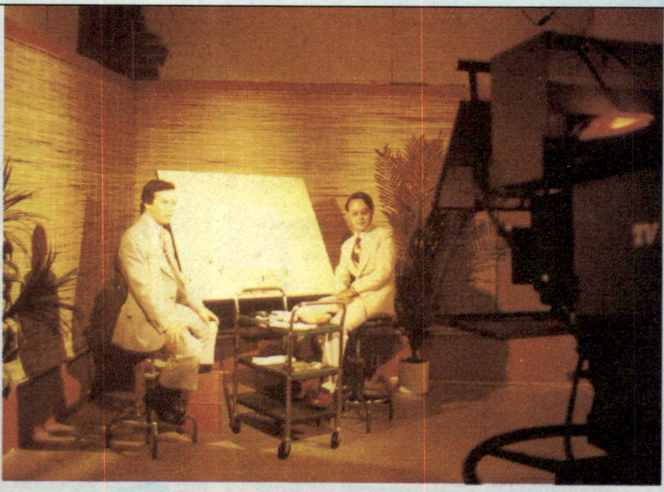

1992年刘墉在许多美国媒体上介绍中国绘画。

1994年刘墉、刘轩父子在台南市立文化中心演讲，采取对口或轮流上场的方式。这是刘墉在台上看着儿子演讲的情况。

1994年刘墉、刘轩父子在台南市立文化中心演讲，场内爆满，场外电视墙前也挤了两千观众。

1995年刘墉父子再度在台巡回演讲，并有刘轩伴奏刘墉独唱的节目。

1995年刘墉应统一企业邀请在台湾举行十一场演讲，讲题为《在生命中追寻的爱》。因为台下已坐满，台上也坐了听众。

1998年刘墉在北京大学演讲，讲题为《爱的变化与飞扬》。

1998年刘墉应德国贝塔斯曼书友会邀请在上海市图书馆演讲，讲题为《在生命中追寻的爱》。

2001年刘墉、刘轩父子在北京中国人民大学同台演讲。

1996年刘墉捐助二百多位贫苦大中学生升学，图为刘墉在广西隆安颁发奖助金。

2002年刘墉去贵州帆轩四小时发现孙琴珍小朋友面临失明的危险后，安排孙琴珍四处就医，并请纽约的医师到贵州诊视。

2003年末至2004年初刘墉全家为孙琴珍小朋友治疗眼疾齐聚北京。这张照片摄于同仁医院诊疗室。

2005年除了刘轩在外工作，刘墉现在一家五口（包括岳父母）住在纽约长岛。

2005年刘轩、刘倚帆兄妹合影。

2005年刘倚帆为本书配乐演奏小提琴。

2005年刘轩为本书配乐录音进行后期制作。

2005年刘轩、刘倚帆兄妹在家中录制《在灵魂居住的地方》主题曲。

音乐制作心得

为《在灵魂居住的地方》谱曲一点也不难，因为曲名本身就很有意境，而且这也是我父亲的著作中，我最欣赏的一本，所以在创作之先，就已经有许多想法。

这首曲子用感叹调的旋律及简单的钢琴伴奏让小提琴"唱"出感觉。曲子中间的变调先让开始时稍带忧伤的旋律明亮起来，再进入最后较奔放的阶段。我希望让曲子的变化反映出人生时时刻刻的喜忧多变。

录制这首曲子是个全新的尝试。我发现纽约长岛家里的木头地板很适合录小提琴，便直接在客厅里架麦克风，将小提琴录进电脑后再加后制处理，不但省了录音室的费用，又能让妹妹在比较自在的环境中表现。即使如此，我们还是"磨"了两天，才达到满意的效果。小帆，这次辛苦了！

刘轩

Composing the soundtrack for this audio book was an effortless process, first of all because the title, "Where the Spirit Lives" has a poetic feel of its own, and also because, among my father's books, this one has been my favorite, so that I already had many ideas as I sat down to work.

I kept the piano accompaniment in this short duet fairly simple and fluid, to give space for the violin to "sing" its melancholy opening. The key change in the middle section brightens the mood before entering the more passionate ending. It was my intent for this piece to reflect the many changes of emotion we go through from moment to moment in our lives.

Recording the piece, however, was a novel challenge. Since the hardwood floors and walls of my parents' Long Island home make for a very "sweet" acoustic space for recording violins, I chose to set up the microphones right in the living room. Tracking and effects post-processing were done directly on my laptop computer. Although the results may not have that "big-studio" sound, recording in the comfort of home allowed my sister to give a more natural performance. Even still, it took two days of experimentation and countless re-takes before we achieved a satisfactory result —Thanks for your patience, Sis! And thank you, the listener, for purchasing this audio book. I hope the music can bring you more enjoyment as you listen to the words.

Shiuan Liu

演奏者的话

我从小学三年级就开始学小提琴，但是如果不能帮助世界，我学什么都没有意义。《在灵魂居住的地方》使我的梦想成真：有声书卖的钱是给地球另一边的慈善机构。我现在也终于知道在外面的世界当音乐家有多么辛苦。光是录音，就花了两整天！我真感谢我得到了这个机会。我也特别要谢谢我的哥哥。他一个人从写谱到录音，做了一整个唱片公司的事，还要忍受我的一大堆问题。我希望大家喜欢我的演奏，因为这是我非常珍惜的经历。

刘倚帆

From the performer:

At dinner one night about two years ago, my father told me about a little girl he met, a student at one of the schools he donated in China. She had a degenerative eye disease which rendered one of her eyes completely blind, and the other eye was getting worse. She lived in one of the poorest and least developed areas of Guizhou Province, and none of the local doctors could do anything to help her. As soon as I heard about this girl, Qin Zhen, I wanted to do something to help.

I've been nearsighted for as long as I can remember, and I know how it is almost impossible to function without my contact lenses. My father immediately made arrangements for doctors from New York to visit her, but her condition was too complicated to be treated at home. So, we sent her medical records to the best eye hospital in Beijing, and our whole family made plans to meet her there during Christmas break that year.

I had a big shock when I finally met Qin Zhen: she was only a year younger than me, but she still looked like an elementary school student, except for hands that were rough and muscular from farm work. She didn't smile nor speak, and held onto her possessions very tightly. After a few days of laser treatments, during which she stayed with me at a hotel, and with the help of a special pair of glasses, Qin Zhen was able to see much more clearly. The first thing she said to my father was, "I can see you now!"From then on, she became extremely outgoing — easy to laugh, eager to go sightseeing with us, and saying everything that was on her mind. It was so heartwarming to see such a transformation in a 13-year-old girl, all because she regained her sight. I couldn't wait to help more people like Qin Zhen.

My chance came along when my dad decided to include music in this spoken word album, the sales of which will go to a non-profit organization benefiting the visually impaired. My brother and I worked on this project together: he was composer, pianist, and one-man production team, while I played the violin on the recording. Not only did I get to help others using a skill to which I have dedicated eight years of my life, I experienced what it was like to work as a recording artist in a studio. After learning and practicing the piece alone, my brother and I spent two full days recording. We experimented with different locations, microphone placements, headphone settings, phrasing, dynamics, and fingerings. Then, there were the mess-ups, do-overs, and stomachaches. It was a long and difficult process, but definitely worth it. Doing this project and going through all the events that led up to it were some of my most valuable experiences, and I hope everyone enjoys the result.

Yvonne Liu

早春图·绢本　　　　　　　　　　刘墉作

鸢尾螳螂.绢本　　刘墉作

辛夷早春.绢本　　刘墉作

春至·绢本　　　　刘墉作

郁金春暖·绢本　　刘墉作

和平之春·绢本　　刘墉作

夜雪·绢本　　刘墉作

雪地鸳鸯·绢本　　刘墉作

丰年金鸡·绢本　　刘墉作

WHERE THE SPIRIT LIVES

在灵魂居住的地方

Written by: Yung Liu

[美]刘墉©著

中国盲文出版社

图书在版编目（CIP）数据

在灵魂居住的地方/（美）刘墉著.—北京：中国盲文出版社，2005.5

ISBN 7-5002-2140-1

Ⅰ.在… Ⅱ.刘… Ⅲ.散文—作品集—美国—现代 Ⅳ.I712.65

中国版本图书馆 CIP 数据核字（2005）第 030216 号

图　　字：01—2005—2430
原出版者：水云斋文化事业有限公司

在灵魂居住的地方

著　　者：刘墉
出版发行：中国盲文出版社
社　　址：北京市丰台区卢沟桥城内街 39 号
邮政编码：100072
电　　话：（010）83895214　83895215
印　　刷：北京蓝马彩色印刷中心
经　　销：新华书店
开　　本：850×1168　1/32
字　　数：100 千字
印　　张：6
彩插印张：1
印　　数：1～81000 册
版　　次：2005 年 5 月第 1 版　2005 年 5 月第 1 次印刷
书　　号：ISBN 7-5002-2140-1/I·352
定　　价：24.00 元（赠 2CD）

您购买此书的同时，已为公益事业奉献了一份爱心。

有个地方
很近
也很远
很小
也很大
很麻烦
又离不开
很可怜
又非走不可
欢爱是它
痛苦是它
怨恨是它
不舍是它
看着它变大
看着它缩小
看着它朽坏
看着它倒下

直到有一天
它容不得我们
我们也救不了它
只好依依不舍地向它道别
回头
再回头
挥手
再挥手
搬去我们下一世的新家——
另一个
灵魂居住的地方

目录

CONTENTS

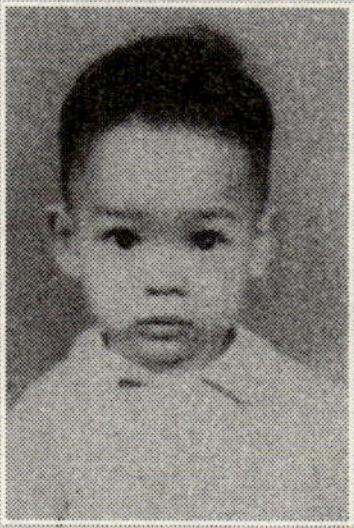

目录

CONTENTS

目录

CONTENTS

目录

CONTENTS

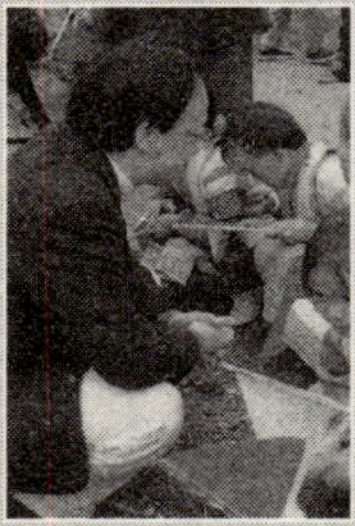

序

FOREWORD

这地方还真不坏

许多读者说我擅长从周遭平凡的小事物，悟出人生的大道理。

听他们赞美，我窃喜了好一阵子。

◎

但是有一天，我坐在太太的化妆台前，看见三面镜子中映出的自己，居然吓一跳。奇怪！那左右两面斜镜子里的人，怎么不像我？

我突然发觉，自以为每天看花看草、看人生现象的我，竟然还不曾好好地看过自己。而真正在我周遭，每天跟我形影不离、生死与共，既给我欢愉，又造成我痛苦的，不正是既非家人，也非宠物花草，却是我的身体吗？它像是一栋房子，一个让我灵魂居住的地方。

◎

佛家早有这样的说法。所谓“成、住、坏、空”，就是形容一个人的身体，由建成，住进去；住久了，房子开始坏。起初还能修修补补，勉强守着，最后实在朽坏得不堪住，只好搬出来，住到下一世的房子里。

世上的每个小动物，无论它是虫、是鸟、是猫、是狗，都是一栋栋小房子，里面各住着一个灵魂。那灵魂一方面操纵着小房子，跑东跑西；一方面接受上天“冥冥中的消息”，而懂得秋收冬藏，南迁北归。

◎

自我有了这个顿悟，便想写一本有关“身体”的书。这身体不是讲我的身体，而是每个人的身体。从另一角度，想写每个人灵魂居住的地方。

为此，我曾有一阵子，天天抱着医学书籍，想把每个器官搞清楚，但是就在我要动笔的时候，又陷入犹豫——

我到底是写一本医学常识的书，告诉读者这些早该知道的有关身体的常识？还是应该发挥想像，为大家做些新的诠释？

经过两年多的考虑，我选择了后者。

这本书的创作过程是艰苦的。我放弃了大部分医学的专有名词和理论，尽量从“心性”、“灵性”或情的角度，反省这些我们每天用来看、用来听、用来吃、用来走，乃至用来繁殖，延续生命的身体。

可喜的是，在这沉思的过程中，我对自己“灵魂居住的地方”，又有了新的领会。好像初次享受肉体欢愉的年轻人，我要再一次说“有身体真好”！也好比孩子都离开家的老人，我要感慨“这房子，真大”！我更希望把这心情与大家分享，希望每个朋友都能找那么一天，不往外看，而向里看，看看这个伴随我们一生的房子。

我们的灵魂都住在这么一个房子里。

它看来很小，其实很大，很神秘。

它从出生，就常出毛病，确实给我们很大的痛苦。但是，想想，我们灵魂居住的这一生，所拥有、所感受、所创造的一切……

这地方，还真是不坏！

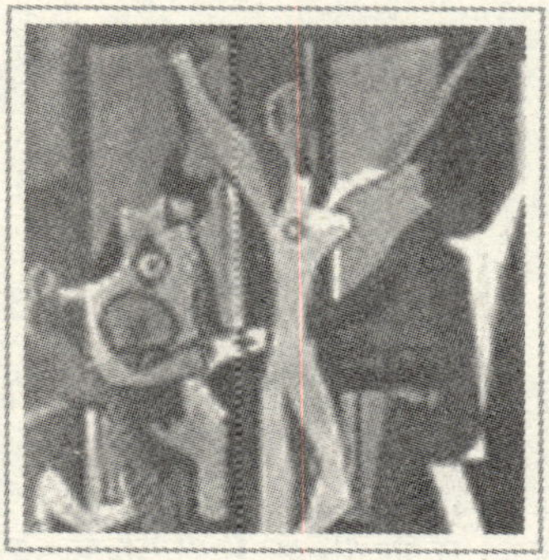

发

HAIR

一缕缕长发坠落了，

那么轻柔无助地飘到地上，

是告别一种岁月，

还是镌刻一种心情？

荒草中被镌刻的岁月

二十多年前，妻在台北妇幼医院生产，大概因为是头胎，痛了一天一夜还生不出。那时的产房不准丈夫进去帮忙，我只好心急如焚地在门外走来走去。里面传出的每一声呻吟，都揪在自己的心上。

总算子宫口渐渐张开。

“开六指了。”护士小姐出来说。

“开八指了。”医师匆匆忙忙走进去。

“看到头发了。”护士探出头来笑笑。

才说不久，我就听到娃娃的哭声。

转眼，儿子已经二十五岁，年轻人常改变发型，长了短、短了长。不知道为什么，每次看他低头看书，一团浓黑的头发，我都会想到当年护士的那句话——“看到头发了。”

我常想，奇怪，子宫里没风没雨，胎儿为什么要长头发呢？这头发一根根挂在头顶，通过产道时，多麻烦，否则，光溜溜的头，早就滑出来了。

有一天跟妇产科医师们聊天，忍不住提出来。两位名医，居然愣了一下，大概没想到有这种奇怪的问题。

但经过一番讨论，还是有了结果——

胎儿的头发，跟他的寒毛、指甲一样，会在子宫里成长。娃娃生下来，父母抱着，全身都有爸爸妈妈的臂膀和身体保护，只有头，最朝外，最没遮掩，又最容易散热，所以需要一簇头发来保护。

于是我眼前浮现了一个画面——

在远古远古以前，一位披头散发的“史前妈妈”，抱着新生的娃娃，在风雪中行走。刚落地的胎儿，头顶的囟门还一跳一跳的，所幸有簇头发，挡住落下的雪花。还有“史前妈妈”用鱼骨和兽角做成的梳子，为孩子梳头的画面。

那时没有剪刀，必须用小小的石片磨薄、磨利，再一点点切割头发。

他们更没镜子，只是对着平静的水面，才能看到自己的容颜。

我便想：当原始部落的少女，到溪里沐浴，会不会望着水，欣赏自己的秀发？又会不会把一头长发洗得干干净净，甩动着，去撩拨她的情人？

人们又是从多早多早以前，开始耽情于自己的头发？

◎

可不是吗？我们从小到大，为了洗头、梳头、剪发、染发、烫发，甚至护发、植发不知用了多少时间。而且，既有长头发的“乐”，就有掉头发的“苦”；既有“鬓云”的秀丽，就有“飞霜”的萧条。

有几个中年的女人，不曾做过“一夜白了头”的恶梦？又有几个开始“聪明透顶”的男人，不曾梦见“聪灵绝顶”而半夜惊醒？

所幸头发能带来许多情趣变化——

初生的娃娃，头发才长多些，就可以绑个“冲天炮”；过一年，可以编个小辫子；再过两年，头发够密了，则一分为二，做成两个“麻花”；又过两年，头发硬实些，便扎个马尾巴。

想想，这个女孩子，由妈妈梳头、自己梳头、男朋友梳头、美发师梳头、为子女梳头，子女为她梳头，到有一天，殓葬师梳头，这一生因为头发，而有了多少情怀的变化。

◉

头发确实是最能反映情绪的。

一个女人会因为美发师失手，而气得发疯；一位发疯的女子，又有可能把自己的头发剪得乱七八糟。

有位女生对我说得好——

“剪头发是发泄情绪最好的方法，一方面昭告天下，我不高兴了；一方面可以把霉运剪掉。而且剪头发跟剁手指不同，头发会再长，后悔了可以重新来过。”

她的话让我想到遁入空门的尼姑。

当一个长发的女子，静静地跪着，让师父为她剃度。那剃刀落下的刹那，是落在发根，还是落在心头？

一缕缕长发坠落了，那么轻柔无助地飘到地上，是告别一种岁月，还是镌刻一种心情？

剃了发的青青的头皮，如同除去荒草所呈现的大地，再烧上戒疤，如同刻上碑文。

如果有一天，那女子还了俗，又有了恋情。她会不会在梳头时不小心，拨开长发，如同拨开蔓生的草木，见到古老的誓词？

◎

头发也是最能反映生命历程的。

最新的科技，能由头发中看出一个人过去两年间的生活——你是不是吸过毒、怀过孕、避过孕……几万根头发就像几万本日记，记录着我们的辛酸苦辣，而且即使在我们死亡之后，还能生长一段时间。

曾在“楼兰女尸”的展览中，见到一丛秀发，解说员不断强调，由那头发可以猜想，死者生前是个美貌的妇人——

没有好的营养，这头发怎么可能这么滑润？受苦的人总有着一团干涩、枯黄的头发。

没有好的保护,这头发怎么可能如此整齐?奴隶的头发都粗粗乱乱的。

想必她是急病死亡的，没有经过久病床榻的磨损，所以能保有丰厚的秀发。

当然，她死得很年轻，所以没有一根白发。

“想留头漂亮头发,就得早早死去。”我对身边的朋友轻轻说。

“不,”他笑笑,“不如年轻时,剪下来存着。”

他的话没错。一头青丝，少年时剪了，存到老，还是黑黑亮亮的；一头秀发，却因中年时忧愁，没多久，就变为花白。

头发是死的，也是活的，被我们的心偷偷牵着，只要留在头上一天，就要反映我们的心情与年龄。

◎

我早生华发，有时候许久未染，女儿便要扒着看，说：“爸爸像只黑白条纹的浣熊。”

前两年，妻也添了银丝，起先我为她拔，一边拔，一边翻，看下面还有没有；而今是偶然拔，却不常翻了。

倒是女儿的头发愈长愈密，而且又黑又亮。

我常为她梳，喜欢那种梳子滑过发丝的感觉，好像在一条清澈的溪流里，荡一支桨，勾起千条波纹。

小丫头也特别喜欢我为她梳头，尤其刚解开辫子时，我梳得特别温柔。

“因为爸爸一手按着你的头发，一手慢慢梳，所以碰上打结，也不会梳痛。”我说，“你的头发很密，爸爸妈妈掉的，全长在你头上了。”

小丫头好得意。

◎

有一天，我一边梳，一面问她：“你觉得你和妈妈的头发，谁比较美？”

正巧妻走过来，竖着耳朵听。

“妈妈不会知道的。”我把手指放在小丫头的手里，小声地说，“妈妈美，就捏一下；你美，就捏两下。”

她捏了，捏三下。

又有一天，我冲进卧室找东西，看妻坐在梳妆台前，就叫了她一声。

回头一笑，居然不是妻，是把头发梳得蓬蓬松松的小丫头。

那笑，我永远不会忘。

眼

EYES

灵魂绝对是脆弱的，

幸亏有这两扇小窗，

也幸亏屋子里不点灯，

所以能够偷偷往外窥。

眼波才动被人猜

少年时，我住在和平东路一条深深的巷子里。入晚后，昏暗的街灯下，常有些所谓的不良少年，在巷子里聚集。偏偏我初中念的是夜间部，总要到深夜才能回家。

“不要看那些小太保，免得挨揍。”母亲常一边读报，一边忧心忡忡地抬起头，叮嘱我。那报上八成是登了“只因为多看一眼，就挨了刀子”之类的新闻。

但我是不信邪的，我想那“多看一眼”，一定眼神有问题，成为挑衅或者鄙视的意味，才会引起对方的反感，否则走在街上，谁不看谁？眼睛掠过去，何必多心？

所以我照走我的夜路，也照样看天、看地、看人，每次走过那群小太保的身边，我看了他们，相信他们也看了我，从来没出什么事。

直到有一天，我眼睛掠过去，正巧他们其中一人也正抬起脸，把眼神掠过我，四目在空中交会了那么半秒钟，他居然眼睛一瞪：

“看什么看，哪里混的？”

◉

人们说眼睛是“灵魂之窗”，真是太有道理了。那个在头发的“茅草屋顶”下，还架着两条“遮雨棚”的小洞，各挂了两片窗帘，镶了块透明玻璃，且在窗后，黑漆漆的屋子里，躲着一个脆弱的灵魂。

灵魂绝对是脆弱的，幸亏有这两扇小窗，也幸亏屋子里不点灯，所以能偷偷往外窥。

于是，两人相对，就好比两扇面对面的窗，有时你的灵魂正窥视我，而我的灵魂没往外看，也就让你偷窥了。相对地，我可以偷偷在窗后望着你，你正忙着，不知有人打量，也便十分自在。只是，当有那么一刻，两个灵魂在同一时间，扒着窗棂往对方屋里看时，突然眼神对上了，就产生了许多感动——

是不是朋友，该隔窗笑笑，挥挥手？是不是敌人，正偷偷算计我，被我抓到？是不是个明星，或在什么地方见过？为什么这么眼熟？

所以每个公众人物都知道，如果你“微服出巡”，不希望被认出来，就最好别跟人家的眼神相遇，当四目不相交的时候，八成没人认得你，只要那十分之一秒眼神的遭遇，对方就可能浑身一震，眼睛一亮，接着大喊：

“那不是刘德华吗？”

眼神、眼神，“眼”不稀奇，真正关键的，是里面的“神”。人外面固然穿着衣服，十足可以掩饰；“小窗”的四周也大可以涂红、抹蓝、刷紫；那里面的“神”却是光溜溜地一丝不挂。

所以心中有鬼的，常不敢正眼看人，他不是真不敢看别人，而是怕被别人看。

连中国古代的帝王都懂得在头上戴“冕旒”。旒很妙，是用细线串起的小珠子，垂在冕的前后。说明白了，那也是种“垂帘听政”。帝王把一双眼睛躲在珠串后面，好比戴墨镜监考的老师，学生看不到他的眼，他可以扫视每个作弊的人，自然产生一种优势。

何止帝王懂得这个道理。我有个朋友，家有悍妻，每次迟归被老婆审问，老婆都直直盯着他的眼睛，且规定他不得把眼神躲开。于是问一句，答一句，据说只要他有弊，没两下就会被老婆看穿。

◎

相对地，男人也很懂得看女人的眼神。中国相书上说："女人眼大、含水，眼睛流动的必淫。"可是，我怎么想，那水汪汪的大眼睛，还转来转去，就算淫，也是种美的淫。不如讲是因为太美，容易吸引男人，反被男人诬指为淫。最起码，照这标准，千古才女李清照，就得被列为淫。君不见她的《浣溪沙》说"眼波才动被人猜"吗？

提到李清照，也让我想起她的《金石录后序》，描写战乱中，丈夫赵明诚坐在岸上，望着船里的李清照告别。文字写得很简单——"……葛衣岸巾，精神如虎，目光烂烂射人，望舟中告别……"

不知为什么，我常想起"目光烂烂"这四个字，觉得那画面如在眼前。我后来分析，他们再见时，赵明诚已经病危，所以在李清照心中，那岸边告别是最深刻的一幕。赵明诚望着船里柔弱的妻子，虽然在人前还摆出大男人的样子，但是眼神里必然流露出只有李清照看得出的情。

◎

目光烂烂的人，我见过不少。有些是将领，那烂烂的目光是因为威权久了，养成的，好比在吼："不听话，就拉出去毙了！"

我也见过一些老人，眼皮都松了，如同两片伸出去的遮阳布，下面深深的，冷不防地闪出些寒光，那是因为人生历练多了，仿佛说："你们搞什么鬼，我早知道。"

还有一种人目光烂烂，如同张爱玲在《金锁记》里形容的："那眼珠却是水仙花缸底的黑石子，上面汪着水，下面冷冷的没有表情。"那烂烂是烂在表面，惊人的是他的无情，使人觉得深不可测。

令我印象最深刻的，是有一次去残障育幼院，看到个有着一双大眼睛的痴呆孩子。我对他笑，他也对我笑，笑着笑着走过来，盯着我的眼睛，一动不动地与我四目交接。

他的瞳孔大大的，好像毫不设防的两扇窗，里面没藏偷窥的望远镜，也没有冷不防的暗箭。

我不知道他的眼神在哪里，好像没神，又好像全是神。仿佛两扇后面临海、前面对街的窗，让我看进去，又看出去，看到一片浩淼的大海。

突然两只海鸥嘎嘎嘎地飞过，是他的笑，灵魂的笑。

鼻

NOSE

在妈妈肚子里，

最先长出的就是鼻子。

胎儿要先有鼻子，

“灵魂”才会从那鼻孔钻进去，

成为生命。

灵魂最后通过的地方

如果你盖一栋圆圆的小房子，前面有个很大的门，左右有两扇很亮的窗，你还会加开两个“通风孔”吗？

八成不会，因为没有必要。

但是上帝不这么想，为了使那房子更完美，他硬是在门的上方造了两个洞，同时装上防止小虫飞入的过滤网。

于是，我们有了鼻子。

◎

鼻子确实是可有可无的。

没了眼睛，我们看不见；没了耳朵，我们听不到；

没了嘴巴，我们会饿死。但是，重感冒，你鼻子一个月不通，照样活得好好的。

当然，你鼻子一个月不通也有不方便，就是总得张着嘴呼吸。对那爱一边吃东西、一边讲话的人而言，就更麻烦了，非得停下咀嚼和说话的动作，往里吸气不可。

或许这也是上帝为许多动物创造鼻子的原因吧。你看！当老虎一口咬住它的猎物，猎物拼命挣扎，老虎死咬着不放。那一口利齿紧紧嵌进肉里，血水流出来。这时候，老虎还能呼吸，就全靠它的鼻子。

所以鼻子从某个角度来看，算是嘴巴的帮凶。

◉

鼻子更是个“探子”，眼睛看不见、耳朵听不着的东西，鼻子可以老远地觉察——

咦！怎么有瓦斯漏气的味道？

哼，有人居然在飞机上抽烟！

哇，什么人在吃榴莲？

鼻子特别灵的人，甚至可以担任品酒和调香水的工作，只要经他嗅一下，就能说出酒的年份和香水的配方。

嗅觉的灵敏跟鼻子的外形也有关。猎犬和在机场找毒品的狗，据说都是鼻子越长的越灵，因为鼻腔长，嗅觉细胞多。至于猪，不但鼻子长，而且前面平平的，则特别适合贴着地面吸气，寻找藏在土里的东西。怪不得那一磅几千美金的"松露菌"，都是人们牵着猪，从土里找出来的。

如此推论，中国人（指蒙古人种）的嗅觉大概要比欧洲的白种人差些。太平洋岛屿的美拉尼西亚人（Melanesian），波利尼西亚人（Polynesian），还有非洲土著，因为鼻子宽而扁，只怕比中国人还差。也不知是否妄自菲薄，中国的相书上居然说："看夫妻二人的面相，鼻子高的那个，多半比较强势。"

果真如此，那些和白人结婚的汉人，不都要成为弱势的一半了吗？

◉

所幸鼻子也是最容易"修理"的。

小眼放大、大嘴缩小，都不容易。惟有鼻子，只要拿块合适的材料，把肉切开个小缝，往里一塞，立刻就挺了。而且手术从鼻子里面做，连痕迹都没有。

鼻子也确实是个通气的小窗。睡觉的时候，眼睛的窗帘深深垂下，嘴巴的大门重重关起；两边的耳朵虽开着，八成也“有听没有到”。只有那通气的两个小洞，不停地吸气、呼气。人的五官中，能够二十四小时工作的，大概就算鼻子了。

◉

眼观鼻，鼻观心，对于练“静坐”和“吐纳”的人，鼻子的境界就更高了。

有位朋友教我练气强身的方法，早上对着太阳，眼睛不必张开，把注意力全放在两眉之间，徐徐地吸气，仿佛把旭日的光华都吸到眉心。

“鼻子是通心的。一定要用鼻子吸气，才能吸到心深处。”朋友叮嘱：

“所以感冒鼻子不通，就不要练。免得用嘴吸，吸到了肚子里。”

又有个朋友笃信一位印度的大师，大师教的道理很简单，就是感觉呼吸。

“我们活着，为什么知道自己活着，因为我们能呼吸。平常时时刻刻在呼吸，而不自觉，其实能呼吸是一件多么快乐又值得感恩的事。”

据说这位朋友每天闭门修行一个小时，就是“闭口、垂目、舌抵上牙根，静静体会空气通过鼻子，进入身体的感觉”。

还有个朋友，说得更玄——

“鼻祖、鼻祖，这是因为在妈妈肚子里，最先长出的就是鼻子。胎儿要先有鼻子，‘灵魂’才会从那鼻孔钻进去，成为生命。人死的时候也一样，断了气，灵魂从哪里走？从它进来的地方——鼻子走掉。因为人死，眼睛、嘴全关了，只有鼻子还直通心。”

◎

前几年有个朋友的丈夫，在一场大火中丧生了。她说她去认尸，每个尸体都烧得焦黑，她一个个掀开白布，认不出来。突然一个尸体，就在她掀开布时，从鼻子里流出血水。再看牙齿，果然是自己的丈夫。

“后来，殡仪馆的人对我说，我丈夫的灵魂等在尸体里，忍着痛，不肯走，非要见我最后一面。”她对我说，“流鼻血，就是他放松了，丢下世间的挂碍，去了来生。”

“对！” 我点点头：“有人对我说过，鼻子是我们灵魂最初也是最后通过的地方。”

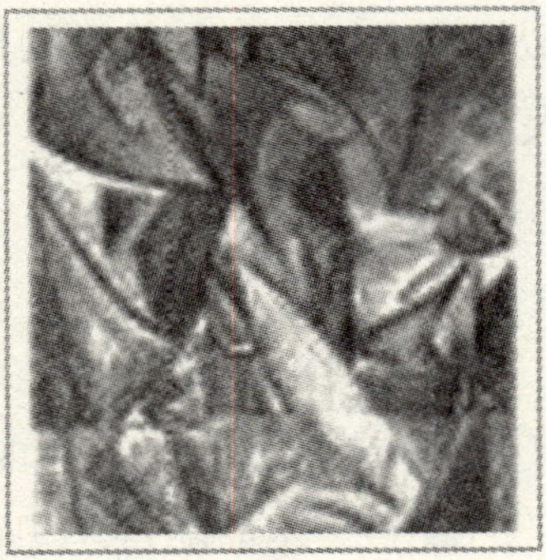

耳

EARS

每个人都有两双耳朵，

一双向着外面的世界，

一双向着里面的世界，

平常只因外面太吵，

使我们可能一辈子都听不到自己里面的声音……

心灵深处的声音

有一年颁金马奖，萧芳芳上台，原来挂着的披肩，不小心掉了，萧芳芳一边匆匆把披肩搭回去，一边自嘲地笑着说：“女人四十，就什么都耷拉了！”

真佩服萧芳芳的机智，她这句话不但解决了自己的尴尬，嵌入了得奖的片名，而且道出了“生命的慨叹”。

另一件令我惊讶的是，从现场观众的笑声中，可以看出大家全听懂了她所说的“耷拉”那两个字。“耷拉”是北京土话，如今能被普罗大众所了解，不得不令人佩服台湾推行国语的成功。

当然听得懂“耷拉”，并不表示人人会写。我相信“耷”这个字，对大多数人还是陌生的。

“耷”真是写得妙，一看就知道是形容大耳朵。只是令人不解，既然“大”和“耳”可以合为“耷”，为什么大嘴、大眼却没有合成上面写个“大”字，下面写个“口”字，或者上面写个“大”字，下面写个“目”字这些字呢？

或许在中国人的心里，“大嘴”、“大眼”远不如“大耳朵”来得有福气吧！孩子生下来，嘴巴大，如果是男孩，顶多说他是嘴大吃八方；眼睛大，顶多说这娃娃长得漂亮；但是如果耳朵特别大，可就要被每个人赞美“真是天生的福相”了。明末清初的名画家“八大山人”，本名“朱耷”，想必就因为天生的耳朵大。

◎

认为耳朵大是有福，就跟认为“人中”距离大的人会长寿一样，是古人“倒果为因”。

人受地心引力的影响，如同萧芳芳说的，年岁一大，什么都耷拉。无论眼皮、脸颊、人中、耳垂，都越老越松垮。耳垂大、人中长，全是因为上了年岁，而不是因为天生那样，所以活得长。

当然，或许在上古，耳朵大是有些好处的，因为耳郭可以收集声音，如同当我们要听得清楚的时候，会用双手，放在耳后，做成两个弧形大耳朵的样子。耳朵大的人，理当听得清楚些。

正因此，擅长狩猎的狼和山猫，以及被它们追杀的狐狸、兔子，耳朵都特别大，前者是为了听后者的动静，后者是为听猎者的声音。

或许有人要问：为什么那没有“天敌”、不被猎杀的大象，耳朵特别大呢？擅长猎杀的老虎，耳朵又很小呢？

道理也很简单，不见那大象的耳朵总是垂着，或在热天、有虫的时候扇来扇去吗？表示它的耳朵大，非但不是为了听得清楚，反而是为了挡雨、扇风、驱虫，甚至充耳不闻。

至于老虎，实在因为它太强了，强大到不必去听“小东西”的声音，如同最专权的领导者，不必“察纳雅言”，也能把属下管得服服贴贴。

人的耳朵小，就跟老虎一样，不是因为弱，而是由于强。我相信，人耳朵也是一天天随着进化而变小的。原始人的耳郭或许跟黑猩猩一样，不但大，而且会转动。一直到今天，许多人的“动耳肌”没完全退化就是证明。

又可能有人要说：“那么，没有耳郭的小鸟，应该更强壮了，为什么恰恰相反呢？”

这道理也简单，鸟在空中飞，风又大又凉，它们甚至得在雨里飞，一点没遮挡的东西。只要你有在冷天骑车的经验，就能了解上帝为什么不为小鸟造双大大的耳朵。

还有，鸟就是因为弱，而且在空中，随时得应付上下前后的攻击，所以眼睛得往两边长，耳朵也得对着两侧开。所谓“眼观六路、耳听八方”，这一点，人绝不如鸟。

人的双眼朝前，双耳也朝前，这是标准“猎杀者”的长相，因为只有用这两双利器，才能准确地测出“目标”的距离。

以前，我不懂这个道理，后来玩音响，才发现要做立体声的录音，必须用两支麦克风，一左一右地录在两个音轨上，再一左一右地用两只喇叭放出来。譬如火车由左向右开去，先是左边声音大，再是右边声音响，如同两只耳朵听到的，有先后强弱的差异。

看戴助听器的人，也可以发现，由于他们只能听到一边的声音，所以你在他右后方叫他，他可能往左边去找你。

戴助听器还有个缺点，是不能选择声音。我们的耳朵可以对钟表声充耳不闻，或是从一群人的谈话中，专挑一个人的声音去听。戴助听器的人，却是平均地接收，所以声音一杂，就什么也听不清了。惟一的好处，是当他拿掉助听器，便能拥有一个无声的世界。

◎

当然，无声的世界也不一定真正无声。我过去生病，长期用一种抗生素，伤了耳朵，听力的损失虽然不大，却总在最安静的时候，会听到一种尖尖的声音。所以一年四季，我都可以在夜阑人静的时候猜想，外面正有着一片夏夜的虫海。

有个学生，在中山女高念到高三，突然听力严重退化，一下子仿佛全听不见了。有一天，她对我苦笑着说："听不到水声了，但是耳朵里好像另外有了两条河，常流着潺潺的水。"

她的文笔原来就好，失聪之后，更上层楼。有一天拿了篇游记给我看。写风、写云、写光影，尤其是写她进屋子喝茶，再走出来的时候，觉得山边的小草又长长了。

我一惊，发觉自以为非常细腻的我，竟不及她的敏锐。

"你比我写得好。"我对她竖起大拇指，在纸上写："因为你听不到，所以观察更细微，描写也更深入了。"

晚上，我一人独坐，想到她的文章和她听到的水声。

我把两只耳朵捂起来。

先听到小虫的叫声，又听到自己的呼吸，像是一阵阵的风声；转动一下头，听到走过石子路的声音，想必是颈椎的摩擦。

再安下心，细细地听，我听到她说的流水和一声声的节拍，那是血液流动和我的心音。

于是提起笔，写了个传真给她：

“每个人都有两双耳朵，一双向着外面的世界，一双向着里面的世界，平常只因外面太吵，使我们可能一辈子都听不到自己里面的声音。你现在既然听不见外面，就听里面吧！你会发现那世界好大，有风、有水、有石子的路面和朽叶的山径，那是另一种声音，心灵深处的声音……”

我把两只耳朵捂起来。

先听到小虫的叫声，又听到自己的呼吸，像是一阵阵的风声；转动一下头，听到走过石子路的声音，想必是颈椎的摩擦。

再安下心，细细地听，我听到她说的流水和一声声的节拍，那是血液流动和我的心音。

口

MOUTH

被生下来的一小口，
长成一大口，找到另一口，
生下许多口。
守一口井、纳一口粮、混一口饭、
争一口气……

一口人生

老一辈常用“双肩承一喙，俯仰天地间”来形容人生，每次听到这句话，眼前就浮起一个滑稽的画面——

两个高高耸起的肩膀，载着中间一个血盆大口。只因为那嘴巴不断要吃，使双肩不得不拼命工作。

随着年龄的增长，成了家，有了孩子，甚至开了公司，有了部属。这画面就变得越发鲜明，也愈觉得古人形容得简单而深入。

◎

可不是吗？我们一生辛苦的双肩，不一定载着眼睛去看、耳朵去听、鼻子去嗅，却十足是载着那张嘴去吃、去喝；而且由自己到孩子，从出生到死亡。

孩子诞生，先伸出的是头，先张开的是嘴。嘴不张，医师就打脚心、打屁股，非等那赤体的小鬼，哇地张开嘴，吸下他人生的第一口气不行。

然后小嘴就不再闭着，要吸奶、要喝水、要吃食、要哭喊、要说话、要唱歌、要谈情、要接吻、要忙里忙外，鼓其如簧之舌，骗吃骗喝，且骗回家，喂他家里的许多张嘴。

直到有一天，这嘴老了，说不清也吃不动了，大口喘着气，从喉咙深处发出咯的一声，这辈子才算是结束。

◎

怪不得相书上说“嘴主贵贱”。

想想，那命中注定的好嘴，从出生就吸母乳、吃婴儿奶粉、喝新鲜果汁，然后受好的教育、说儒雅的话、亲甜美的唇，吃香的、喝辣的，笑得多、哭得少。

至于坏命的嘴，打出生就喝米汤、吃残羹，成天拉着嗓子，争先恐后、呼天抢地，吃的是“粗食”，说的是“粗口”，甚至一辈子有口难言。

这当中的差异有多大啊！

但是反过来想，两人就算天生的嘴形完全一样，如果给他们两种完全不同的遭遇，是否在几十年后，也就有很大的差异了呢？

总是感冒，鼻子不通的孩子，嘴常张着；成天没人照顾，含“安慰奶头”的娃娃嘴唇较厚；终日扯着嗓子喊的，声音必粗；牙齿缺乏保养的，必然影响外面的嘴形。

所以与其说“嘴主贵贱”，不如讲“贵贱主嘴”。

◎

小时候，有位邻居太太，常找我母亲聊天。这女人嘴大，声音也大，常常拉着嗓子喊：

“男人嘴大吃八方，女人嘴大吃裤裆。”

每次她这么说，我母亲都啐她一口：“胡说，女人嘴大吃家当，裤裆怎么能吃？”

也便听那女人尖声笑道：“嘿嘿，我丈夫老叫我吃裤裆，就是因为我的嘴太大。”

或许受了她的影响，小时候我很看不上大嘴的女生。只是年长了，渐渐发觉，有樱桃小口的女人，固然显得古典、含蓄，那些大嘴厚唇的女人，却是另有迷人之处，否则苏菲亚·罗兰和碧姬·芭杜也不会那么红。

"嘴"应该是动物最能表现生态的器官，擅于猎杀的狮子、老虎，一定会有个长长的脸孔，而且下颚突出，远远地伸在最前方。道理很简单，因为只有这样，它们的嘴才能张得大，也只有强而有力的嘴，使它们能把猎物咬死并撕裂。

谈到撕裂，嘴又是最能反映爪子的器官，我们常说"手脑并用"，对于绝大多数的动物而言，却是"手嘴并用"。所以长喙的鹭鸶，配长而细的脚；钩状喙的老鹰，配粗壮尖锐的爪子；吃草的牛羊，配毫无攻击力的蹄子；吃肉的虎豹，配强而有力的前肢。至于人，虽然因为进化，使眼、耳、鼻，都跟四肢失去了绝对的关系，但是嘴仍然能"透露某种信息"。

譬如黑人，多半嘴大、下颚宽。相对的，他们的手脚比较粗壮，运动的爆发力，也在其他人种之上。

老虎的嘴大，可以“一啸九州寒”；黑人的嘴大、口腔大，共鸣的地方多，唱歌的声音也显然来得浑厚。

◎

当然嘴大唇厚也不全好，需要口齿灵活、伶牙俐齿的地方，小嘴薄唇的人，就往往占上风。这由鸟类的世界，尤其可以得到印证，你看所谓的“鸣禽”，多半是小嘴。凡是声音婉转，可以高高低低一串串，唱个不停的云雀、黄莺，都有着特小的喙。几曾听过大嘴的鹈鹕（pelican）或犀鸟(hornbill)，发出什么动人的歌声呢？

嘴大还有个好处，就是牙齿容易整齐。有位牙医对我说，中国人的牙，多半不如黑人的整齐，因为中国人的嘴太小，这就好比同样数目的人，站在一长、一短两个弧线上，短的线上挤不下，当然会造成重叠。

于是我猜想，古时候女孩子要掩口而笑，不能露齿，说不定牙齿不整齐，才是真正的原因。否则为什么不让女孩子露出牙齿？牙齿是最能表现活力的地方啊。

◉

记得四十年代，没电视，只有广播。广播节目中最受欢迎的是中广每周一次的广播剧。

那些广播剧常由崔小萍导播，她不但导，还演，又最擅长演老太婆，把没牙老太太说话时漏风的感觉都演活了。

据说有一回崔小萍向人透露了演老太太的秘诀：“这简单，只要故意把嘴唇拉长，盖着牙，就成了。”

我听说之后，试了试，果然如此，可见没牙是多么显老。

◉

牙齿能反映活力，也跟动物的生态有关。你看，那平常不露利齿的狼和狗，一被激怒，就会挑起上唇，露出森森白牙。连人类，都会在动武的时候，微微挑起一边嘴唇，露出犬齿，使人想起数十万年前的老祖宗。

所以，中国人形容痛恨之极为“咬牙切齿”；日本小女生，又喜欢故意露出她们的小虎牙，显示一种青春。

◎

十几年前刚到美国，有一阵子住在大学的实验农场旁，每天看成群的牛羊低着头吃草。

素食动物不像荤食的，能够在一次短暂的猎杀之后，获得足够的热量。它们天生就要不断地吃，而且一边吃、一边拉，活像一具具机器，把草从这头放进去，那头拉出来。

后来看到一个漫画，跟我想的差不多。画的是位科学家，发明了一个跟真人无异的机器人。

科学家得意地展示他的伟大发明。当众把蛋糕、水果，放进机器人的嘴里，再打开下面的闸门。

在观众惊呼中，那闸门里出来的是“粪便”。

◎

自从看了那漫画，我常在吃饭时想：

许多人说，人之所以有一双眼、一双耳、一双手、两个鼻孔，只有一张嘴，是因为上帝要人多看、多听、多做、多吸收，少说一点话。

其实错了。应该说，我们一生用尽眼力、听力、手力、脚力，目的只是为了那一张嘴。

正因为每个人只有一张嘴，所以一个人，又叫“一口”。

被生下来的一小口，长成一大口，找到另一口，生下许多口。守一口井、纳一口粮、混一口饭、争一口气。最后，这口气上不来了，换一口棺材。

我们的一生，说穿了，不过是为了个“口”！

心

HEART

心虽然是中心，

却不长在身体的正中央。

它天生是“偏心”，长在胸腔的左侧，

所以与谁相抱，

都不可能心心相印。

天地有情人有心

妻四十四岁那年，有一阵月事不来，原以为更年期到了，却又发现伴随恶心的现象。

陪她去妇产科检查，坐在外面等，隔不久，医生招手，要我进去。

“恭喜！你太太有了。”医生说。

两个月过去，有一天在宴会上，我得意地报告“老蚌将生珠”的消息，大家不信，正巧那位医生在座，我就对他挤挤眼。

“是真的！”医生笑笑，“不过还小，还没听到心跳。”

又隔几个礼拜，妻居然小产了。

转眼三年过去。我一方面伤怀，没能保住那个孩子，一面常想那天宴会上医生的话。有一天，碰到他，我忍不住问："其实当你说没听到心跳的时候，已经怀疑孩子保不住了，对不对？"

他没答话，拍拍我，点了点头。

他的答复，非但没使我伤心，反而令我释怀了。

"没有心跳，表示那小生命还没形成，所以妻失去的只是个胎，不是胎儿。"我自我安慰，只是接着又想：

"受精卵一天天地长大，到底要到哪一天，那小小的心脏才会开始跳动呢？是什么力量使它开始跳？"

我的眼前呈现一个小小的娃娃，眉眼都未成形，却已经有了一颗心。突然，那心颤一下，又颤一下，抖动、再抖动，砰！开始了第一次搏动。

多么伟大而令人欣喜的一刻啊！仿佛混沌未开的宇宙，突然得到了天地间的某种消息，灵光乍现，诞生了第一个生命。

那使心脏开始跳动的神奇力量，或许就是来自上天的“因子”吧！

因子是“因”，是“子”，也是个灵，从前世到今生，飘游天地之间，就在那无比巧合的瞬间，进入等待的胚胎，成就一个生命。

心开始跳了，生命被肯定了。

大概每个初做父亲的人，都会在医生的协助下，听过小小的胎音：砰！砰！砰！像是从另一个世界传来，使父亲的心，也快速地跳动。

生产时，那心音就更重要了。当胎儿的头顶已经可见，却又难产的时候。医生会把观测器的电线，接在胎儿的头上，随时注意心跳的变化。有没有缺氧？有没有脐带缠颈？要不要紧急剖腹？

那小小的心，终于降临人间，用自己的心脏把血液打进肺脏，再打进身体的每个角落。

这是一生的职责，没有一刻能终止的工作。一生，如果七十年，它得搏动四十多亿次，运送九千万加仑的血液，直到死的那一刻。

我们的生命，就以这心跳开始，也以那心跳结束。

◉

或许正因此，无论哪个民族、哪种语言，都以"心"为中心。心是精神、是灵魂、是情、是爱，是最重要的中心点，是最真实而宝贵的地方。

明明是脑里想，我们要说"心里想"；明明人人都有真的心，偏强调自己才是"真心"。

摸着，它一下下告诉我们的手；躺着，可以听到它的搏动。心总提醒我们，它存在、我们存在、生命存在。

◉

记得学生时代，解剖青蛙，最惊人的，就是那颗跳动的心："原来青蛙也有心。"

也记得以前养小鸟，把小鸟抓在手里，热热的，感觉一颗狂跳的心。它跳得快，我也跳得快。用我的心，猜它的心，赶紧放回笼子。

原来每个动物，都有心。大象有、老鼠有、鱼有、鸟有、虫有。它们的心可能长得跟我们不太一样，但是无论如何，它们的体内都有个小小的机器，一下下地搏动。

◎

我常对着窗外的树林，想小时候看过的一部神话影片，每个生物都有一颗会发出红光的心。有人捧在手上，有人藏在家里，还有人放进玻璃盒子。

于是我想，如果这树林里，每只小鸟、小虫、小松鼠的心，都会发亮，到了夜晚，多有意思！那么多小小的红心，随着心跳，一闪一闪的。

我猜想，它们的心，虽然跳得有快有慢，但在这“宇宙的交响乐团”里，还是心心相连。每个生物，即使是植物，都有一颗心，跟宇宙的律动共鸣，感觉时光的过往。

◎

我也相信没有心跳的感觉，就没有音乐的节拍。

每次听音乐，尤其是节拍强烈的热门歌曲和原始部族的鼓声，都觉得那咚咚的音响，渐渐与我的心结合，随着心的搏动，注入全身的每个细胞。

于是，我想，当风声、鸟声、水声、虫声，正好跟我们的心跳相呼应的时候，会不会也是我们最快乐的一刻。

◉

"人有心，天地之间也有个心。"父亲生前常指着天上的星星对我说，"天地没心，就没有天地了，所以每颗星星都听那个心的话。"

他从没指出在那星海之间，什么地方是"天地的心"。

但是，每次看到墙上的广告，有个圆，无论那是圆圆的车轮或圆圆的月亮。他总会带我走近些，说："你找找看，在那圆的中间，一定会有个小点子。每个画广告的人，都要先定个心，才能画出那个圆。"

我每次都找到那个小小的"心"。

◉

父亲过世四十年了，我曾经因为甲状腺功能亢进，而心脏出问题；也曾经因为知交的负心，而碎了心。

我也知道心虽然是中心，却不长在身体的正中央。它天生是“偏心”，长在胸腔的左侧，所以与谁相抱，都不可能心心相印。

但我常想起父亲的话——

人有心，天地有心。

要画个漂亮的圆，先定下一个心。

每次看到墙上的广告，有个圆，无论那是圆圆的车轮或圆圆的月亮。他总会带我走近些，说：“你找找看，在那圆的中间，一定会有个小点子。每个画广告的人，都要先定个心，才能画出那个圆。”

我每次都找到那个小小的“心”。

须

BEARD

当我老婆摸我的胡子时，

会不会想到她小时候，

伸着小手，

摸到的那个亲切的下巴？

以及，那下巴发出的呵呵呵呵的笑声。

骚胡子引起的骚动

大胡子画家张杰，有一次说了个笑话：

“某人为了参加美髯比赛，特别留了一年多的胡子。果然皇天不负苦心人，比赛得了个冠军。拿到奖金，心想这胡子已经不必要了，又那么麻烦，就先去理发店把胡子刮个精光，再兴高采烈地回家。进门看太太已经睡了，没开灯就过去抱着老婆亲。那老婆从梦中惊醒，慌慌张张地说：‘小伙子！现在几点了？还跑来，小心大胡子就要回家了。’”

这笑话把一桌人都乐歪了。可是，我一边笑、一边想：奇怪，为什么二十多年前，好像听张大千也说过类似的笑话？是不是留大胡子的人，都会准备这么个笑话，当有人问起为什么留胡子时，就抬出来，一方面巧妙地转移话题，一方面聊以自嘲？

◉

胡子这样东西很妙，男人女人都会长头发、生耻毛，惟有胡子，是男人的专利，也可以说是个明显的“性征”。

只是这性征非但没什么功用，还有许多麻烦。

大胡子倾身夹菜，胡子老落进盘子里；低头喝汤，一不小心，胡子就要泡进汤碗。甚至有位大胡子朋友，苦笑着对我说：“这胡子连上厕所都麻烦，男人站着小便，要低头看准了尿，胡子垂在胸前，常挡住视线。更麻烦的是上大号，弯身擦拭，又在眼前折卫生纸，那胡子一不小心就要碰到纸上的粪。还有睡觉，放进被窝不对，拿出来也不对，一翻身压到，只压一两根还好，大不了拔断；如果一次压到七八根，就痛得从梦里蹦出来……”

你说，人生日常五大事——“吃、喝、拉、撒、睡”，这胡子不是没一样好处吗？但为什么还有那么多人要留大胡子?

◉

我想，多半人留胡子的道理很简单——懒。尤其那长了满脸络腮胡子的人，每天刮胡子不知要浪费多少宝贵的生命。

一天不刮，人家还只当没看见；两三天没刮，就要被人问“是不是太忙了？”四五天不刮，人家不问了，私底下却要耳语：“某人是不是家里有丧事？”

于是，干脆心一横，硬是再也不刮，渐渐地胡子由短髭变成长须，再稍稍把“挡了嘴”的修一修。反倒时来运转，说不定得个“性格、性感”，或“美髯公”的封号。

既省时、省力，还得个美称，当然许多人乐于为之。

◉

又有一种人，留胡子是为了卖老。

“嘴上无毛，办事不牢”。二十五岁就留大胡子的张大千说得妙——“年轻人留把胡子，虽不一定获‘老成’之誉，至少可免‘乳臭’之识。”所以张大千二十几岁坐车，就有人起身让座了。

留胡子装老，在军队里尤其普遍，那些少年军官为了怕被老兵看扁，常留撮小胡子。早期中国和日本军官，留小胡子，八成都是这个原因。

当然，留胡子是“自家事”，真相只有他本人知道。

譬如张大千的胡子，据他身边“知情”的人说，根本既不为“摆样”，也不为“装老”；而是由于相命先生说他的下巴太短，怕活不长，最好留个胡子，把下巴遮住。这就如同有人为了目带凶光，明明眼睛没毛病，也戴副平光镜，说来说去，都是为了“美观”、“吉祥”。

◎

提到胡子的美容之效，最少有四种：

第一，胡子除了可以遮“短小的下巴”，也能遮“颔下的肥肉”。人过中年，受地心引力影响，容易出现双下巴。男人有双下巴，只要留上胡子，就看不到了。至于女人，除了抽脂美容手术，只有尽量避免低头；许多中年女人总是下巴朝天，表现一副“抬头相”，真正的原因是只怪她没胡子。

第二，胡子也能遮“太宽大的腮骨”。

人固然长到一定的高度，就不会再往上窜，但是许多位置的骨头还会有变化，腮骨就是其一，年岁愈大，腮骨愈突出。偏偏中国人又有句俗话，说：“耳后见腮的人，翻脸不认人。”加上腮骨大，脸就方，不够柔和，所以许多男人干脆留起胡子。多年前有位演员，年纪轻轻，突然留起落腮大胡子，据说就是为了挡住太宽的两腮。

第三，胡子有补偿的作用。

说来也妙，大凡“雄性男秃”的人，虽然早早就“聪明绝顶”，可能“一毛不剩”，却往往在脸孔的相对位置，生出浓浓密密的大胡子。

就心理而言，没了头发，却能有一口大胡子，确实有补偿作用 ；而且省了照顾三千烦恼丝的时间，更可以细细经营另一片莽林。

就美感而言，秃了顶，缩小了国土；相对的胡子，又增大了版图。由原来上宽下窄，转变为上窄下宽，仍然保持了三角形的构图，确实很美。

第四，胡子如果留得漂亮，或卷曲浓密，得“虬髯客”的豪迈；或整整一簇，像克拉克·盖博般潇洒；或是长长垂胸，若于佑老般飘逸，更能留给人们深刻的印象，甚至成为注册商标。对于那些天生“毛重”的民族，留胡子则成为族群的表征。在纽约掌控钻石市场的犹太人传统教派，就总是穿着黑西装、戴着黑帽子，还留着一口大胡子。

当然，也有许多人说留胡子是为了性感，甚至是为讨女人欢心。据说短短的小胡子，有着羽毛刷般的功效，最宜在细腻的肌肤上游走。更短的小髭，则有鬃刷的效果，能刺而不痛地造成特殊感性。怪不得人们说：“骚胡子！骚胡子！”那“骚”形容的不是胡子的骚味，是胡子能挑起的骚动、能触及的骚处和能勾引的骚货。

◎

绝大多数的男人都有胡子。小男生由小时候摸老爸的胡子，到有一天发现自己嘴上的寒毛愈变愈粗；从由老爸那儿接收一把二手的电胡刀，偶而刮一下，到有一天试着买把刮胡刀片，咔吱咔吱地“剪草”。

做父母的听那刮胡子的声音愈来愈密、次数愈来愈多，看那小伙子淋浴的时间愈来愈长，说话的音调愈来愈粗，就知道——

吾家有子初长成了！

◎

至于女生，我不知道。只晓得女儿总坐在我腿上摸我的胡子。尤其是晚上，一天未刮，毛碴子都长出来的时候，她不但用手心摸，两只小手抱着摸，还伸着一只手的手背，上上下下地蹭来蹭去。

她眼睛却不望着我，看着天花板，好像在享受一种抓痒的快感，也不知那小小的心里在想些什么。

她会不会有些遗憾呢？知道自己永远不会长出这讨厌、麻烦、美丽、神秘又可爱的东西。

她会不会想，将来枕边也可能睡个半夜扎她的毛胡子?

还有，当我老婆摸我的胡子时，会不会想到她小时候，伸着小手，摸到的那个亲切的下巴？以及，那下巴发出的呵呵呵呵的笑声。

臀

BUTTOCKS

每次看见孩子们成群嬉笑地走过，

我都想：

他们的屁股一定没有虫咬的红斑，

没有久坐的湿疹，

没有条条的鞭痕。

在鞭痕与抚爱之间

大学时代，有一天某个女生大概吃错了药，冒冒失失地对我说："你的屁股长得很漂亮。"

如果换作现在，我可以告她性骚扰，但是当时我怔住了。隔了半天，才问："屁股还有什么漂亮不漂亮？"

"当然有。"她很认真地说，"像我，什么地方都好看，就是没屁股。"

◉

屁股，在我小时候的印象中，是最讨厌的地方。打针的是屁股、放屁的是屁股、挨打的是屁股；裤子最先磨破，露出里面的内裤，被同学嘲笑的也是屁股。

一个孩子可能不记得小时候吃过的东西、看过的电影，但必定会记得几个脱下裤子打针的画面。

如果护士有良心，用细细的针，慢慢地打，下手又有技术，直到打完都没感觉，还塞块药棉，教你自己好好揉半天。小小的心灵，不知有多么感谢。

相反地，若是碰上个焦躁的护士，你裤子还没脱好，身子还没躺稳，她就狠狠扎下去。紧张之下，肌肉特别硬，也特别痛，只觉一阵酸酸痛痛，直钻心头，好几天都散不掉。

◎

上了初中，虽然胳臂比较有肉，分担了许多打针的痛苦，屁股的灾难却没有终止。

那时候，我上大同中学的夜间部，不知是否夜间部的学生比较顽劣，许多老师都以体罚闻名。

一片田野间，新建起三排平行的大楼。呼呼的风从中间穿过，发出呜呜的声音，好像为我们这些小鬼叫屈。

“出来！”台上的老师大吼一声，许多小男生就愁眉苦脸地鱼贯而出，走到外面的长廊上，十分认命地，双手扶墙，把屁股撅起来。

老师手里的藤条高高地举起，重重地落下。啪啪之声，在三栋楼之间回荡。

打人似乎成为老师的消遣。藤条的前面打裂了，变成一丝一丝，老师笑说他是用毛笔打。还有一次，他事先在藤条的前面绑上绳子，绑的位置没开，藤条还是裂成一条一条。他举着藤条，裂的地方向四周弯开。

“多像个灯笼！”老师笑。

那时候，我家失火，搬进了个用竹皮搭的小屋。一间屋子，又煮饭、又睡觉，还兼浴室。

有一天，我洗澡，母亲看到我屁股上一条条的鞭痕，第二天就冲去学校跟老师理论。

老师的藤条，可能因此而落得轻些。只是母亲或许因为“家破”，情绪不稳，反变得爱体罚。

我常回想那段初中的岁月，一群小男生，抱着屁股，又叫、又跳地回教室，好像一群难兄难弟，谁也没觉得有什么可怜。

记忆中最深刻的，却是母亲当着朋友，狠狠打我屁股的一幕。我的脾气犟，直直站着不动，她打着打着，没反应，可能觉得在朋友面前伤了面子，就改为拧。

我很爱母亲，但我永远难忘那屁股上的拧。还有，坐在旁边，另一双冷冷的目光。

◎

正因此，屁股在我的印象中，是最受苦受难的。直到那女生赞美，才如梦初醒，发现原来屁股也有一种美。

美的屁股应该是浑圆的，紧紧地不带一丝赘肉。

美的屁股应该是有弹性的，以一个最柔和的曲线向后画，而且适可而止地收回。

美的屁股应该是肌肤细腻的，没有粗大的毛孔，没有痤疮的斑点，没有一条条的鞭痕。

◎

自从听了那女生的话，我开始欣赏屁股。发现原本以为藏在衣裳下面，一生都见不到天日的部位，居然能透露许多信息。

少女的屁股，因为骨盆未张，总比较窄小。

渐渐，那屁股开始变得丰厚，与胸前相对地发育，成为“乳浪臀波”。

那“臀波”只是微微的涟漪，在跑动时轻轻地颤颤，便回复原来的形状。

然后，生了孩子、抱了孩子，站立的姿势改变，那臀部也开始扩大。

妊娠纹由前面的小腹，延伸到了屁股，因为色素的沉积和体形的变化，产生一条条的斑纹。

纹路下的脂肪也开始横着发展，且受地心引力的作用，往大腿的位置堆积。

我以前的洋秘书，就有这样的臀形。坐在那儿，只见一张娟秀的小脸；站起来，却发现有个超大的下身。

“少女时，怕屁股不大，穿衣服扁扁的不好看；老了，怕屁股太大，脂肪堆多了，得心脏病。”有一天，她自嘲地笑着说：

“而且屁股太胖，容易有另一种毛病。”

她的椅子上，总放着一个圆圆的，中间带洞的垫子，据说是因为痔疮。

每次下班，看她一扭一扭地，带着过胖的屁股，挤进她的小车，旁边正奔过苗条的女学生，我都有一种很奇怪的感觉。

◉

这两年，看着小女儿的成长，对屁股的感触更深了。

先是个皱皱的婴儿，长成胖胖的娃娃。每次洗完澡，我都用手指蘸凡士林，伸进她胖胖的两股之间，为她涂抹在肛门上。

渐渐不再是娃娃的样子，也愈来愈瘦了下来。所幸她爱溜冰，长得一双结实的腿。

每次看她溜冰时滑倒，重重地，跌坐在冰上，我都为她的屁股心疼，却见她慢慢站起来，撇撇嘴，又溜了出去。

有一天，她真跌痛了，晚上直说屁股好疼。

“爹地为你揉揉。”我叫她过来，左手搂着她的上身，右手为她按摩。一向怕痒的小鬼，居然不怕了，乖乖地让我揉。

揉完，我轻轻拍一下她的小屁股。她说“好舒服”，像小鸟一样跑走了。

◎

我常想起这一幕，小时候，我也曾这样被一手搂着，但不是揉，是狠狠地打屁股。

每次在台湾街头，看见孩子们成群嬉笑地走过，我都想：

他们的屁股一定没有虫咬的红斑，没有久坐的湿疹，没有条条的鞭痕。

有的只是营养充足，可以跌倒了再弹起的——

幸运的屁股。

屁股，在我小时候的印象中，是最讨厌的地方。打针的是屁股、放屁的是屁股、挨打的是屁股；裤子最先磨破，露出里面的内裤，被同学嘲笑的也是屁股。

颈

NECK

挖开古墓，

年久，骨头都散了，

但沿着头颅下面找，

在那一小块、一小块的颈椎之间，

总会找到些美丽的东西。

挂花环与铁链的地方

许多许多年前，有则惊动世界的新闻。

一个宗教狂热国家的平民男子，违背当地的律法，和一位贵族的女子恋爱。两个人都被判了重刑。最惨的是那平民男子，被当众斩首，而且以最严厉的方式执行——七刀才把脖子砍断。

据说行刑当天，挤满了围观的群众，那男子的惨叫声，回荡在整个广场，久久不散……

大概有十年了，我眼前常浮现这个画面，一刀、一刀地落下，鲜血四溅，惨叫声逐渐变弱，头颅终于滚到了地面。

一个脖子，才多粗？居然要用七刀去砍断。这死，是多么惨上加惨的事！

我也常想像那个脖子。年轻的男子，带着蔓生在脑后的毛发，也可能由两腮泛滥下许多卷卷的须髭，他颈项的肌肉必定鲜明而有力，他的血脉或因为紧张而鼓起，他的颈上会不会还挂着什么链子？那链子又会不会是他恋人赠与的？

当人头落地，那链子将落向何方？

◉

或许因此，我对颈子有种特别的感触，也可以说是一种矛盾。我不知道，颈子是最幸运，还是最可怜的地方。

记得一个女孩对我说：

“你知道吗？看一个女人的年龄，最准的地方是脖子。脸上的五官都在前面，容易掩饰，只有脖子麻烦，它圆圆的，朝着每个方向。所以，你可以偷偷从后面，瞧她脖子上有没有细细的皱纹，她躲也躲不掉。”

她的话果然没错，我后来观察，脸上毫无岁月痕迹的人，可能脖子上已经染上了风霜。

为什么脖子先老，我也想通了。

因为脖子是我们身上最辛苦的一部分。

眼睛东张西望，脖子要转动；耳朵要听八方，脖子得帮忙；仰头等着喂食，低头大嚼猛啃，脖子全要配合。吸到的空气、吃到的食物、脑袋里想到的点子，也得通过脖子，送进我们的身体。连睡觉了，四肢都休息，那脖子还不能闲着，辗转反侧，稍稍没摆好，就要“落枕”，痛上好几天。

脸上的皮、四肢的皮、颈子的皮，都是一样的皮肤。但只有脖子上的皮因东拉西转，扯来扯去，变化最大。也怪不得使用二三十年后，最先发生松弛的现象。

脖子真是太可怜了！

◎

脖子还有一苦，就是得支撑个大脑袋。

脑袋据说是人体最重的部分，有位医生戏谑地对我说：“你要是有机会把自己的头割下来，拎在手上，准会吓一大跳，怎那么重？”

他这样说，是因为我的脖子老出问题。他还警告我：“这是职业病，几个小时，伸着脖子写作，肌肉当然会僵硬，血液当然不流通。等着瞧！颈椎一侧的压力太大，还会椎盘突出，有一天压到神经，就更麻烦了。”

于是，我又得了个结论——

脖子真苦命，连不动，也要出问题。

◎

有位精研相术的朋友，听了我的话，打趣说：

“脖子不苦命；总伸着脖子的人，才苦命。不信的话，你注意，凡脖子向后，下巴向里收的人，都有领袖命；至于那些老把头伸在前面冲的人，八成是劳碌命。”说完，还加上一句：“你看！哪个畜生的脖子不是伸在前面？只有人，是直挺挺地立着。”

我把他的话，转述给医生。医生大笑：

“他胡说八道！动物的脖子怎么可能是直挺挺的？脖子就因为弯，所以能避震。你注意，跑得最快的猎豹、鸵鸟，是不是都有个长长弯弯的颈椎？”

他的话没错，我有一次看生物影片，介绍非洲的猎豹，特别用慢动作分析，只见猎豹的四肢上下前后地摆动，头却平稳得好像在另外一个世界。

从此，我更同情脖子了，因为它还得担任“避震器”的角色。

◎

当然脖子也有幸运的一面。

“领如蝤蛴”的颈子，最宜沁上几滴香水，最宜从颈后，感觉一个热热的唇与跳动的心。然后，转过脸，对上一个最亲爱的面孔，接受一个热情的拥抱。

有几个女人的颈子，不曾枕过男人的臂膀？有几只雄壮的臂膀，不曾环绕过那小小的脖子？

又有哪个脖子，不曾穿金戴银？

上帝为每个人，造个细细的脖子，似乎就告诉人们，那是让你挂美丽东西的地方。

想起一位考古系教授的话——

“挖开古墓，年久，骨头都散了，但沿着头颅下面找，在那一小块、一小块的颈椎之间，总会找到些美丽的东西。”

我常想，那美丽的链子会是谁挂上去的呢？早死的孩子，必是父母为他挂的；成年的尸体，或是他伴侣为他挂的，从生前挂到身后。

◎

记得有一年，纽约自然历史博物馆举行古代首饰展。

一个橱柜里展示了许多项链，全是由金字塔里发掘的。那些黄金经历了几千年，想必因为纯度高，依然发出耀眼的光芒，还嵌着各色的宝石和琉璃。

只有一个，是黑色的，小小粗粗的一个圈圈。

细看说明，原来是殉葬女奴的颈环。

她或是被活活推进金字塔的吧!我想，当皇族戴满了金银珠玉，躺在三层棺椁之中。这可怜的女奴，即使被殉葬，都只配挂个黑色的铁圈圈。

或许那是她生前被役使时悬挂的，象征她是个奴隶。

那脖子说不定只盼有脱掉这“项圈”的一天。

◉

小小的脖子，多少不同的遭遇?

有的幸运，被爱人搂着，挂上美丽的花环与装饰，富富丽丽地过一生；有的不幸，挂上铁链，背上木枷，推上刑场，再挨上……

我的眼前又浮起那个挤满群众的广场，千千万万幸运的脖子，伸得长长的，看那悲惨的脖子……

乳

BREASTS

少女的奶头是小小的，

乳晕是淡淡的。

从侧面看，

圆圆的弧线，

像装满许多盼望的两只眼睛，

寻找她生命中的“第一个爱”。

装满爱的两个袋子

跟几个朋友一起看全美花式溜冰锦标赛的电视转播。赛前被一致看好的去年世界冠军关颖珊，居然连摔两跤，摔得“电视里”和“电视外”都一片惊呼。成绩出来，关颖珊哭了，另外一个小丫头——才十四岁的李萍丝姬(Tara Lipinski)则笑了，兴奋地成为这个比赛有史以来最年轻的冠军。

“可惜!可惜!”在座的一位朋友摇着头说:“只怪关颖珊发育成熟了，多了两个奶子，当然比较容易摔跤……”

话还没有说完，就引起满屋的嘘声，尤其那人的老婆，吼得更凶:“闭上你缺德的乌鸦嘴!”

朋友的脸一下子红了。但是他的话使我想起有一年奥运游泳比赛，获得上届冠军的美国女选手，意外地落败。当时体育评论家也是这么说——

“她的能力一点都没有退步，只怪她发育了，不再是四年前十四岁的小丫头。想想!她的骨盆增宽了多少？她的胸围又增大了多少？她没输在游的力量，输在这些‘阻力’！”

总听女人们想尽办法丰胸隆乳，从早期的义乳、无缝胸罩，到现在流行的调整型内衣。或在外面垫块海绵、或往里面塞个矽胶，或在下方围起铜丝，硬要把一片飞机场，挤压成两个小小的山丘。而今，看了运动比赛，才知道其实这两个乳房如果长得太大，也是种累赘。

我那九十岁的老母就对“波大”颇有反感。常叹说年头变了，想当年，她小时候上教会中学，眼看胸部一天天发育，烦恼极了，想尽办法用布缠，惟恐被人看出来。

“下头缠小脚，上头缠奶子。”老太太苦笑，“想想以前，女人也真苦。”

◎

老母在我小时候，也说那个“中国家庭必修”的故事给我听：

“从前有个小孩，在菜场偷了个鸡蛋，回家妈妈非但没骂他，还夸奖他。于是他愈偷愈多，后来成了强盗。被砍头的那天，他妈哭着去看他，问他有什么最后的要求，他说要再吃一次娘的奶，结果一口咬掉了他妈的奶头……”

相信这故事在每个孩子的心里，都跟“虎姑婆”一样，留下血淋淋的印象。尤其使男孩子，在幼儿时最美好的吮奶，和成年之后对女性的爱慕之间，产生一种错综复杂的感觉。

◎

当然，不可能有人记得襁褓中吸妈妈奶，只是据心理学家研究，这吮吸的经验甚至影响人的一生。

吃米糊不如吸奶瓶，吸奶瓶又不如吮母奶。这是想当然的——一个初生的娃娃，如果能被抱在妈妈温暖的怀里，一边听着母亲的低语，一边听着妈妈的心音，再一口口吸着乳汁，这是多美的事啊！

美国的心理学家李沙克在一九七三年就统计出来——“百分之八十三惯用右手和百分之七十八左撇子的妈妈，会把婴儿抱在胸部的左侧。”为什么？因为与生俱来地，知道那是自己心脏最贴近婴儿耳朵的地方。

连犹太人的《塔木德经》上都说：

“母亲乳儿子，应该从左边的乳房开始……”

只是不知，如果喂奶的不是亲生的母亲，而是雇来的奶妈，那小娃娃会不会因为听得出心音与自己在子宫里感觉的不同，而产生不安；抑或如中国的俗语——“有奶便是娘”？

提到奶娘，就想起“末代皇帝”电影里，溥仪的奶娘离宫时，孩子哭、奶娘喊的画面。在电影院，许多人都落了泪。可是我却想，奶娘之所以有奶，是因为她自己生了孩子。结果她亲生的娃娃喝米汤，长得贫贫瘦瘦，见不到妈，亲妈却跑去喂别人的孩子。这一刻奶妈离开皇宫，不正表示亲生的母子能相聚了吗？

每个奶娘，都牺牲了自己的孩子，有几人曾经想过这一点？又有几个拥有奶妈的孩子，曾经想过另一个哭泣的娃娃？

◎

溥仪的故事，也让我想起有一年到欧洲，坐在车子里，导游指着远处两座圆圆的土丘说：

“那是一个国王的陵墓，你们猜猜，他葬在哪里？”

有人猜左边的，有人猜右边的。

“都错了！”他笑道，“他选择了中间。那两个土丘就像他母亲的奶，他睡在两个乳房之间。多安详啊！”

◎

可不是吗？怪不得古人说“天公地母”，母亲就像大地，载我、抚我、乳我、育我。也怪不得人们要说“乳峰”，这世界上的每座山峰，就像是母亲的乳房。

当“天公”环抱着大地，勾起“地母”深处的热情，火山喷发，熔岩向四处流去，成为肥沃的土壤，就如同妈妈的乳汁，开始养育天地间的万物。

著名的心理学家弗洛姆则说——“男人的‘精液’是乳汁，乳了女人，然后女人成为母亲，又分泌另一种乳汁，乳她的孩子。”

于是我要讲，“精”与“乳”就是生命的“源泉”。“精”是源，没有“源”就没有生命，“乳”是泉，没有“泉”，生命就无法生存。

◎

女人似乎只要做了妈妈，就不再有少女的羞赧。记得小时候坐公车，常见年轻的妈妈，一边哄着大哭的娃娃，一边解开扣子……突然，哭声止住了，发出啧啧的声音，和娃娃满足的鼻音，再过一下下，居然传出微微的鼾声。

于是一车人，在心中，都微微地笑了。

◎

也记得在非洲影片中，看到部落里垂着长长乳房的妇人和挺着双峰的少女。

少女的奶头是小小的，乳晕是淡淡的。从侧面看，圆圆的弧线，像装满许多盼望的两只眼睛，向前探视着，寻找她生命中的“第一个爱”。

然后那“爱”出现了，抚弄着、挑逗着、含吮着、亲吻着，使那原来藏在乳晕中的小小的奶头，红艳艳地成熟了，如两颗等待采摘的樱桃。

“源”被种下了，生命被孕育了，少女的乳房把盼望的语言换作爱的奶汁，开始灌溉她的另一个爱。

一个、又一个、再一个……每个娃娃都用力地吸，把原来淡淡的乳晕吸深了颜色；把原来坚挺的奶子吸得开始萎缩，渐渐松松垮垮地垂在胸前。

许多人都嘲笑那又长又垂的奶子，笑说她可以把奶子甩到肩膀后面，喂背上的娃娃。

我却看到了一整个人生，一个少女的蜕变和生命的延续。

那是两个“爱的袋子”，随着似水年华，掏给爱人、掏给丈夫、掏给孩子、掏给生命、掏空了自己……

脐

NAVEL

手指轻轻地，

在那小小的“火山口”，一圈一圈绕，

又往上延伸些，

再偷偷往下“不小心”些，

这火山就随着她急促的呼吸，

好像要迸发了。

对树枝好奇的果子

这世上大概少有不对肚脐好奇的孩子。

白白光光的肚皮，不上也不下，不左也不右，就生了那么一个洞，而且是封起来的，到底里面藏了什么秘密？

可不是吗？身上每个洞都有道理，耳朵能听、鼻子能嗅、嘴巴能吃、肛门能拉屎、小鸡鸡能尿尿。只有这肚皮上的洞，什么用处也没有。于是，好奇的孩子会拉着两边肚皮，想把那洞扯大些，看看里面有什么；再不然用指甲去掏，把那皱纹间黑黑的油垢掏掉，以为说不定就像挖宝的人，搬开堵在洞口的石头，便能见到金山银山。

偏偏正挖着，被妈妈看见了，臭骂一顿，说会肚子疼，从此不准再挖肚脐。

奇怪!别的地方有脏垢，妈妈都会帮着洗干净，为什么这小洞洞,那么脏,却又不准挖干净呢？问妈妈，这肚脐是作什么用的？

“是娃娃在妈妈肚子里，和妈妈连在一起，吸收妈妈营养的管子。现在生出来，不用了，所以管子被封起来。”

可是,这洞洞如果打开来,里面通到哪里呢？是通到胃？妈妈吃的东西,顺着那根管子,直接送到娃娃的胃里；还是通向心？妈妈的血液，由那里流进娃娃的心。

这些问题，妈妈就答不出来了。

◎

不但妈妈不知道，连老师也不清楚，老师只会说：“凡是胎生的动物，都有脐带，也都有肚脐。”

这可是了不得的新闻,赶紧把小猫抓来,逼它仰面躺着，慢慢在它的毛里翻。

果然，这家伙也有个小小的肚脐。

小动物们有眼睛、鼻子、嘴巴、屁股，都不稀奇，因为它们也要看、也要吃，但是也有肚脐，就未免太怪了。它们何必也长这么一个没用的东西呢？而且藏在厚厚的毛里，平常根本看不到。

人的肚脐是最容易看到的。上衣短了，裤子没穿好，那圆圆的肚脐就要向外面张望。而且这肚脐是“独眼”，又是瞎眼，有的人还凸着，是“鼓眼”。又有些人肚脐上方的皮松松地盖下一些，则像是没精神的“睡眼”。

比比你的，比比我的。渐渐发现原来肚脐也有美丑之分。最漂亮的肚脐是圆圆的、深深的，像是凹凹的眼睛，看不见眸子，叫人觉得很神秘。

怪不得好多明星，都要把肚脐露出来，尤其跳“马卡瑞娜(MACARENA)”的时候，更故意把肚子向前一挺、一抽，好像那肚脐还能使眼神，或变成一张小嘴巴说话了呢!

可是，为什么小孩子就不能露肚脐？衣服一没穿好，就要被大人骂：“看!连肚脐都露出来了。”然后有一回，肚子痛，奶奶居然还弄了块热乎乎的东西，贴在我的肚脐上。

肚脐如果没了用，又何必往那里贴东西呢？

这事后来终于弄通了，也不是真通，而是感觉上通了。

青春期来临，下面长了好多奇奇怪怪的小毛，愈长愈长，还像烫过的，卷卷的，自然卷。

女生上身也发育了，本来男生女生没什么差别，都只有两个小红点，现在不一样了，她们愈来愈呼之欲出，有时候挺在前面，让小男生的眼睛都不知该往哪里放。

所幸还有肚脐。这里没毛，也没有“波”，而且距离那“三点”都远，男生、女生又一样，所以露一下是无妨的。

只是现在看肚脐的感觉不同了。是不是因为那肚脐更深了，也更能引人遐想，把它想成是另一个神秘的器官了呢？

盯着肚脐看，总比往上、往下盯着看，更不会失礼。而且，她露出来，就是为了让人看。瞄一眼、再瞄一眼，挑挑嘴角："你的肚脐很性感!"两个小女生、小男生的心跳，就突然加快了一倍。

再大些，也再大胆些，有一天摸着肚脐的感觉就更强烈了。手指轻轻地，在那小小的"火山口"，一圈一圈绕，又往上延伸些，再偷偷往下"不小心"些，这火山就随着她急促的呼吸，而上下起伏，好像要迸发了。

迸发的结果，可能是把一个小小的、跟肚脐差不多一样大的小圈圈，套在彼此的手指上。然后，盼望着另一个肚脐的形成。

当那肚脐形成时，"她"原来深深的肚脐居然变平了，好难看的一个圆，四周光光亮亮的，偶尔从里面传来一些震动，是"脐带连着的那个小人"在偷偷地造反。

于是找医学书来看。

看到圆圆的卵子，怎么由那像是一朵花的卵巢里排出来，又被一只小蝌蚪钻进去，不断在里面分裂、变化，再由长长的通道进入子宫。

◉

突然，它像是一颗种子，落在子宫壁的土壤上，开始向下生根。

那根可真多，像一只只手指，扎进“母亲的土壤”。然后，它居然向外萌发了。

一个月，长成四点五公分的小芽，有头，还有尾巴。

三十六天，有了眼睛。

四十四天，看到了手脚。

五十二天，分出了手指。

五十六天，那不过三公分的小东西，居然已经十足长成了一个小小的人的样子。它的尾巴不见了，却清清楚楚看到一根长长的管子，通到肚皮上，不就是脐带吗!

◉

至于那棵小树的根，是更丰茂了，像是朝四边伸展的虬根，盘据着大块“母亲的土地”。

“土地”也似乎为配合这棵小树的成长，而变得更肥沃。许多血管在那里聚集、交会，好像贸易繁忙的两国边界，大量的红色和蓝色血液，经过验关手续，进进出出。也幸亏有这验关的部门，使不同血型的母子能在一起，也使许多疾病能不被母亲传给孩子。

看!那脐带多像是弯弯的树茎，上面有两根蓝色和一根红色的血管。红的进了肚脏，蓝的接上靠近鼠蹊的大血管，一进一出地滋养了果实，也带走了废物。

果实正快速地成长，头低着、两腿屈着、两手交叉着，有时还会把手指放进嘴里。

羊水是和风，子宫是大地，娃娃的果子在风里摇摆。他长了头发、生了眉毛，甚至有了掌纹，只待那日子一到，就将成熟，成为一个独立的生命。

◎

果子终于诞生了，钻出妈妈的小宇宙，拖着一根六十公分的茎(脐带)，也拔出了那一团根(胎盘)。

果子落地，茎和根就都不需要了。长长的脐带被剪断，留下一小截，挂在娃娃的肚皮上，不久就干枯掉落，如同果子落下的柄。

多可爱的娃娃!被父亲播种，被母亲孕育，一瞑大一寸，快快地长大，且常低着头——

研究肚皮上那个神秘的小洞。

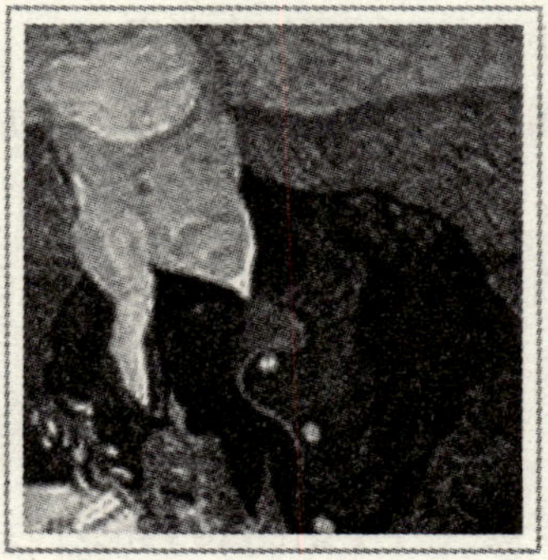

肤

SKIN

总觉得自己被关在这层皮里；

总觉得这皮像一道墙，

写着岁月、涂着风霜，

且因为那墙天生的颜色，

隔离了我们的灵魂。

抛下皮囊的那一天

我很喜欢皮革的制品，但不知为什么，只要提到人的皮肤，就有种毛毛的感觉。

大概因为小时候听过的恐怖故事吧!

“在地上挖个四尺深的坑，把犯人推下去活埋，但不全埋，露出头和胳臂。然后把他的头皮割开，从那裂口倒下水银，水银重，顺着皮肉之间往下流，让他觉得好像万虫钻心，拼命挣扎往外爬。”说故事的瞪大眼睛：“‘啪’一声，人爬出来了，血淋淋的一个‘肉人’。那皮，全留在了坑里。”

这故事让我做了好多噩梦。

初中，不做那梦了，但是看美国小说《江湖男女》，写西部开拓时期，白人和红人的战争。

红人杀了白人妇女，沿着头顶划一圈，把头皮剥下来，回家给孩子的玩具娃娃缝上，作头发。

白人杀了红人妇女，沿着胸口划两圈，把两只奶子皮剥下来，晒干了，对缝上，用来装烟草。

自那以后，每次看抽雪茄烟的人掏出烟草袋，或西方进口的手工娃娃，我都会产生联想。

◉

大学毕业，到电视台做记者，跑“警政新闻”。

有一回，发生了箱尸案，在刑警大队举行记者会。

法医拿出一块块的尸肉，指着皮分析，说由那青紫的颜色，可以判断死亡的时间。从法医的表情看，他拿的似乎不是“人”，是“物”，一种用来教学的物。

还有一次，发生严重的空难，我冲到殡仪馆，里面的人对我招手，叫我进去看。

走进去，吓呆了。

每个尸体都被脱了衣服，摊在地上，一屋子，满满的。

“瞧!不少外国人，白白的皮肤。”殡仪馆的人指了指。

那画面，至今还在眼前。

◉

出国，看电视，教育台播出“文身专题”。

男男女女，身上刻着蝴蝶、玫瑰、蜥蜴、眼镜蛇、爱人的誓词和日本武士的图案。

有人还在设计，有人正在刺青，有美女露出香臀，有黑社会老大撩半边白衫。

最后，是一张张的图画，挂在墙上，原来是人死了，剥下的皮。那些人生前精心文了身，舍不得死后烂掉，便立下遗嘱，捐给了陈列馆。

接着，看电影，大陆的名片《红高粱》。

日本人侵华，驱使中国老百姓，砍了高粱，为鬼子开路；又抓住反日志士，下令中国的屠夫，把那宁死不屈的“志士”剥了皮。

刀举起，下面没演出来，也演出来了——在观众的心底。

◉

去年回国，有个朋友介绍禅修静坐的妙处，还送了我一本书。

夜里，躺在床上翻，看到其中的“不净观”，是把一具尸体放在眼前，忍着腐臭，看那尸身的变化。也由那“肉身化为枯骨”的过程中，感悟人生的无常和肉体的空虚。

皮肤开始变色、尸身开始肿胀，里面的腐水终于穿透表皮流出来……

我仿佛看到一个“臭皮囊”，正在眼前溃烂。那真是个臭皮囊，一层光光滑滑的皮，包裹着里面的筋肉脏腑。连人死了，它还包着，直到包不住。

◉

记得梁实秋先生说，以前有位大师，要为他以芦茎开顶，只要在头顶打个小洞，灵魂就能由那儿进出，不再受生死世俗的羁绊。

照那大师的说法，我们不是被活活困在臭皮囊之中吗？

◉

这臭皮囊使我想起气球，小小一个，能吹得大大的，上面的图案，也就跟着被放大。

于是我想，如果在个婴儿的身上刺朵小小的花，等他长大了，是不是小花也成为大花？如果说皮肤细胞在新陈代谢、不断更新，为什么刺上的图案，就再也褪不掉？

敢情我们的皮肤，真像个气球的皮，从出生到死亡，从小小到大大，再逐渐失去弹性，变得皱皱巴巴。

只是，气球有各种花样，人的皮，虽也有黄、红、黑、白、褐的差异，其实只是深浅的不同。

◎

小小的不同，可能造成大大的隔阂。

记得一个白人对我说，怎么分辨那种黑白混血，已经混得相当白的黑人：

“你只要看他手心和手背交接的地方，和嘴唇内外接触的位置，有条分界线，就知道了。”

也记得一个皮肤非常白的美国女学生，对我说：“我们黑人……”

“你说你是……”我问。

“我有黑人血统。在这里，哪怕你有十分之一，也算黑人。白人把你划成黑人，黑人也说你是黑人。”

更记得一个黑人学生在自传里写，当他小时候，被白人孩子侮辱了，跑回家，先照镜子，再不断用刷子蘸肥皂刷自己的皮肤，刷到流出鲜血。

但不知为什么，我印象中最深刻的，竟是一个黑人丈夫赞美他妻子的话。

“我太太是护士，她很能干、很漂亮，我的岳父是位医生……”他想了各种词汇介绍他的另一半。讲完了，又突然想起一件重要的，好像很自责又很得意地说：

“啊!对了，她比我白得多呢！”

我怔住了，心想：难道在终日高喊种族平等的黑人心中，竟也偷偷地用“皮肤颜色的深度”来划分等级？同样是黑人，白一点的黑人，就更优秀吗？

我同情他，觉得真正可悲的，是他自己心中的界限。

◎

对皮，我有种怪怪的感觉，从小到大，像个阴影挥不去。

总觉得自己被关在这层皮里；总觉得这皮像一道墙，写着岁月、涂着风霜，且因为那墙天生的颜色，隔离了我们的灵魂。

直到我们抛下皮囊的那一天。

阴

PUDENDA

当时机成熟、气氛良好，

太空小将被一次送出……

长长的火箭点燃了，

冲向神秘的宇宙。

另一段轮回的开始

美国画家诺曼·罗克维尔(Norman Rockwell)有幅名作——一个小男孩用两只手撑开自己的裤腰，一个小女生正伸着脖子，好奇地往里看。

每个见到这幅画的人，都会在心底一笑。笑什么？谁也用不着说。但我相信，男人和女人很可能想的虽是同一件事，感觉却不同。

当一个小男孩，第一次发现女生没有小鸡鸡的时候，或许会不解。但是当一个小女生，突然发现男生的胯下居然多长了那么一个东西时，除了不解之外，是否还有些遗憾？

我女儿小时候，就常用好奇的眼光看我洗澡。现在八岁了，偶然"撞见"，一面故做没事地说话唱歌，一面还是会偷偷地左瞄一眼、右瞄一眼。

她的心里会不会想：奇怪!为什么我没有呢?

◉

怪不得弗洛依德要猜：女孩子有仇母情结，其中的原因之一就是发现自己和妈妈都没有“那块肉”，从心底怪罪母亲。

我小时候也曾问我娘，为什么女人没有小鸡鸡。她居然好像早有准备，毫不惊讶地说：“其实女人原来都有小鸡鸡，只是在秦始皇的时候，女人犯罪，被切掉了小鸡鸡。从此，女人就变成了现在这个样子。”

所幸我不是小女生，没有怪罪妈妈，只是有相当长的一段时间痛恨秦始皇，发现他不但焚书、坑儒，而且割女人的小鸡鸡。当然，我私下也就有些优越感，觉得爸爸和我才是“完整的人”。

◉

这种优越感，到初中就更强了。

那时有位教“生理卫生”的老师，非常非常老，路都走不稳了，可是说话很“鲜”，常常讲出全校称颂的“名言”。譬如他说：

“男生把凸出来的给女生看。女生把凸出来的给男生看。”

他又讲：“你们这些男生，要从小看重自己，因为上天送你们每人一把枪，要你们用这把枪去征服世界、征服女人!”

十二三岁，正是对“那把小枪”开始感兴趣的年龄，受此鼓舞，怎能不自我期许，又怎能不因此愈对女生产生优越感?

◎

只是，一天天长大，这优越感却一次次受到打击。

首先是一个女生弯着手肘，指着肘上隆起的位置说：“我们女生长成这个样子，真棒!我妈妈说这是‘小屁股’，男生只有一个屁股，女生却有两个屁股。”

这话让我纳闷了好一阵。接着又在路上遇到凶悍的女生，叉着腰对我吼：“小心我踢你那里!”

“你踢我，我就踢你!”我吼回去。

她居然冷笑一声：“你踢啊!我没有，我

不怕。”

于是我又发现一项有小鸡鸡的缺点，心想：上帝为什么为男人制造这么一个“不堪一击”的要害呢？

◎

上了大学，画模特儿，就更有感触了——

如果画的是女人，那块地方两三下就画好了。但要是碰上画男模特儿，可就麻烦了。圆圆的一根，本来就不易画得立体，上面还浮着许多血管，下面又挂着一袋皱皱的东西。每次人体素描，不知花多少时间，经营那个“宝物”。

更糟的是，画女模特儿，你边画边聊天，说什么都成。画男人就得小心了，你在说、他在听，如果说得黄了些，引起他的感觉。你才画好的“宝物”，恐怕就得“改动”了。

◎

可不是吗？自古以来，只听说“雄风不振”，没听过“雌风不振”。男人固然可以把整个人类文明发展得十分“沙猪”，将一切赞美词，譬如“好棒”、“结棍”、“好屌”、“拉风”，统统跟那样东西连在一起，又把许多脏话都指向女人的私处，却怎么也不能否认，自己“扬眉吐气”的东西，总有“垂头丧气”的时候。

千百年来，男人为了“可大可久”、“历久弥坚”的男性文化，不知练了多少功、进了多少补，目的竟然只是为了让另一半满意。如此说来，这令男人自豪的武器，不过是为女人而生。到底谁比较幸福？谁比较辛苦？谁又比较厉害呢？

◉

就“美”而言，男人就算称得上“外在美”，其内容还是远不如女性的“内在美”。而且“斜头、单眼、血脉偾张”，只怕连外在美也谈不上，哪能比得上柔美的花朵呢？

“软玉温香抱满怀，春至人间花弄色，露滴牡丹开。”古人形容得真好，每次我为花朵写生，看那湿润饱满的雌蕊，引着几根细细长长的管子，到花托里的“子房”，再看那房中排列整齐的种子，都觉得见到一个美丽的女子。

湿润的雌蕊，是为了让雄蕊能够黏附；长长的管子是为了可以输送；子房中的种子，则是等待着受孕，这花朵不是跟女人的生殖器官一样吗？

而当雄蕊凋残，化作燕巢泥的时候，还屹立枝头的总是雌花，且一天天变大，成为果实，如同怀孕的妇人，使生命得以延续。

◉

看太空人悬浮在太空舱，外面是一片穹苍宇宙，我也总想起母亲肚子里的胎儿。

“生命之旅”多像是“太空之旅”——

悬在体外的睾丸，像远离城市的太空工厂，制造了精子，经过长长的输精管，送到储备的地方。

当时机成熟、气氛良好，太空小将被一次送出，经过摄护液的辅助，进入发射的位置。

长长的火箭点燃了，冲向神秘的宇宙，小将们拼命往前游，开始漫长的旅程。

绝大多数的小将都失败了，只有一两个幸运地到达太空站，跟等在那儿的同伴结合，建立更大的基地。

悬浮着，如同在失重的太空中。小小的爱的火花，日日成长，灿烂成生命，再被那个宇宙推出去，经过痛苦的挤压、经过狭窄的产道，开始另一段生之旅。

多神奇又美妙的经验哪！因这两组器官的结合而创造。每次我对生命想不通，对死亡有恐惧的时候，只要想想这些，就豁然开朗——

死亡只是被这个世界挤出去，经历一段痛苦，到达另一个空间……

阴与阳的相遇，便是另一段轮回的开始。

悬浮着，如同在失重的太空中。小小的爱的火花，日日成长，灿烂成生命，再被那个宇宙推出去，经过痛苦的挤压、经过狭窄的产道，开始另一段生之旅。

多神奇又美妙的经验哪！因这两组器官的结合而创造。每次我对生命想不通，对死亡有恐惧的时候，只要想想这些，就豁然开朗。

腿

LEGS

每次见到个美丽光彩的容颜，
我都会下意识地看看她的腿。
或许我能见到两面碑文，
记载着许多可歌、可泣、
可笑、可叹的岁月……

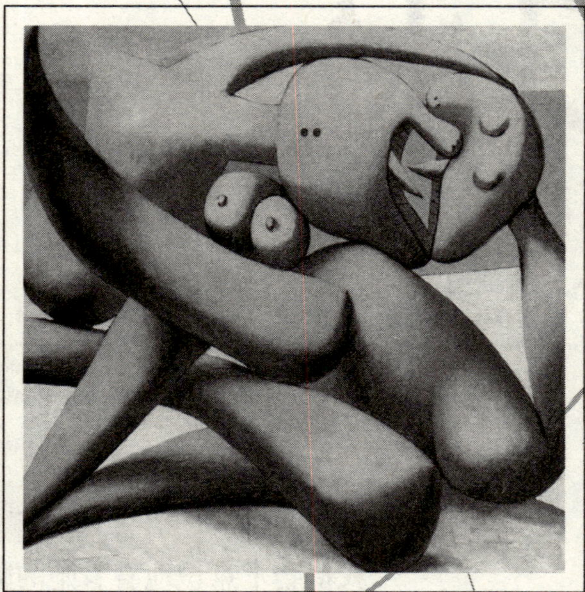

记载辛酸岁月的两座碑

朋友带三个女儿来家里玩，老大十七岁、老二十四岁、老幺十一岁。但是与年龄相反，一个长得比一个高，最小的丫头看来最健美，居然长得比两个姊姊都高大。

“瞧！你们的小女儿，看起来简直变成了姊姊，腿长得又直又长，一点不比美国人差。”看着三个女孩在院子里玩，我对朋友说：“算算你们来美国的时间，老幺大概从小就吃美国食物，牛奶喝得比两个姊姊多，所以骨骼发育得特别好，腿长得特别直。”

话才说完，朋友妻突然用手掩着脸，又慌慌忙忙地掏出手帕，伸到手指后面擦眼泪，弄得大家全怔住了。

隔一下，她恢复了平静，抬起脸，笑笑：

“对不起！刚才一下子激动起来。我想到来美国的这十年，一事无成。而留在国内的人，房子涨、股票涨，一个混得比一个好，觉得自己实在走错了。但是听你这么一说，总算觉得还有了点收获，让小女儿长了一双美腿。”

我点点头，没答腔，不敢对她说，我有一天到台北的麦当劳，看见一群年轻人，他们的腿都生得又直又长，好像个个可以参加国际选美了。

◎

记得三十多年前，台湾刚参加国际选美的时候，读过一篇报道，内容是讲怎样的身材才符合国际美女的条件。

除了三围、身高，报道上还刊出了几张图片，其中有一张分析腿形，是两个并拢双腿的女孩子，一个在并拢之后，两腿之间毫无缝隙，另一个则因为腿长得不够直，而露出不少“空白”。

我当时立刻站直了试试，发现自己属于后者，也就是不合格的一种。

从那以后，我常注意女生的腿，不但注意她们生得长不长，而且注意直不直。令人难以置信的是，我所见到的，不是“O型”，中间有一大段合不拢；就是“X型”，膝盖并拢了，脚踝却对不上；又或是膝头太大、大腿太瘦、小腿太短。

总之，想找一双修长挺直的美腿，真是难上加难。

于是我得到了一个结论——中国人因为人种上的差异，天生就没办法长出像西方人那样修直的腿。至于偶尔在街上见到一双特别纤瘦的小腿，或在迷你裙下，瞥见两条匀称的大腿时，不单惊艳，更有一种难以置信的诧异，猜想“她必是混血，才生得一双好腿”。

◎

直到二十年前来美国，每天在校园里看学生、在电视里看各色人种的报道和几十年来的电影，才有了更深入的发现。

其实西方人的腿，并不是个个长得好。那好不好也要看人种和生活条件。

譬如有人说腿最美的是黑人，这话就不正确。因为同样是黑人，来自北非的腿长，来自南非的腿短。因为北非炎热，人必须长得瘦而高，才能增加散热的面积，既然高，所以腿长；相反地，南非寒冷，必须在皮下储存大量的脂肪，并且减少暴露的面积，所以生得矮胖。矮胖的人当然腿不可能漂亮。

此外，同是白种人，因为营养的差异，也有不一样的结果。当你看早期的电影，无论桃乐丝黛、奥黛丽·赫本或葛莉丝·凯莉，腿都生得不怎么样。现在即使找出苏菲亚·罗兰、珍娜露露或碧姬·芭杜的影片，也不见得让你惊艳，因为你家隔壁女生的身材就不比她们差。

这也是为什么玛丽莲·梦露在今天只算第二等身材，当年却能成为美丽女神的原因。

◎

这世纪以来，何止在美国，其实全世界的人，都因为生活条件的改善，而长得愈来愈高大。当年的倭奴，不再“倭”；当年的“东亚病夫”也不再病；当年一双美腿都见不到的台北街头，而今已经美腿林立。

于是我想：

千百年后，人类会不会因为愈长愈高，腿也愈长愈长，而所有的房屋、家具，都不得不变大。如同日本人早年的窄巷、矮房、小几，已经不适用于今天？

◎

走进自然历史博物馆，看猿猴和原始人的骨骼，你会发现原始人和我们最大的差异，除了脑容量的大小，就是腿的长短。

千万年前，躲在树上的老祖宗，手用得多、腿用得少，就跟猿猴一样，都有着一双短腿。

然后，人变聪明了，懂得怎么对付猛兽，情势好则追，情势坏则逃，那短腿也就愈生愈长。

当别的动物四脚行走时，我们用两腿直立。空出了手，去使用工具；抬高了头，能看得更远。

我们往远处看、远处走，从最初孕育我们的那块土地走出去，分散到整个世界，发展出多样的文明。

是那两条腿，把我们带到不同的地方。人类愈走愈远、愈跑愈快、愈跳愈高，怪不得我们的腿，也一代比一代生得长。

看世代人类的双腿，好像看整个人类的文明史。

看每个人的腿，好像看他过去的生活。

记得我小时候，见到的水井边女人裸露的小腿，都是“萝卜腿”，粗粗、短短，她们一手提一大桶水，稳稳健健地走去。

记得我小时候，见到的田埂上男人裸露的小腿，都是伤痕累累，他们一锄一锄地挖、一担一担地挑、一田一田地犁。

记得我少年时见到的老兵，成为了踩三轮车的车夫，每踩一下，青筋浮起，也浮起腿上的弹孔和刀疤。

记得我初到美国遇见的一位中国厨师，一条腿上全是斑驳的花纹。“连毛孔都没了!”他指指那条腿，“油锅打翻了，烫的……”

记得今年跟一群事业有成的朋友去巴哈马，一位亿万身价的贵妇，站在海浪里，拉着裙角，不好意思地说:“真难看，都是一点一点的疤，小时候家里好脏，被蚊子咬成了‘红豆冰’，一辈子跟着我……”

◎

每次见到个美丽光彩的容颜，我都会下意识地看看她的腿。

或许我能见到两面碑文,记载着许多可歌、可泣、可笑、可叹的岁月……

手

HANDS

我们被双手抱着摇，

被一手牵着走，

走着走着走去了另一个人的身边，

抱着他、被他抱，

抱出娃娃，又抱娃娃。

那些拉住我们的手

话说在开天辟地之时，到处蚊蝇肆虐，为了驱虫，玉皇大帝考虑为每种动物都“制作”一双手。

但是鸟首先跑去请愿：

“我的脖子灵活，可以转过头，用尖尖的嘴去抓痒、吃虫。我不需要手，请大帝为我换一样东西。”

于是鸟有了翅膀，飞上了天空。

接着，马也去陈情：

“我的脖子上有鬃，尾巴上有毛，可以拍打到身上的每个角落。我虽没有尖尖的喙，但喜欢吃草，用不着手去抓，所以也请为我换样礼物。”

于是马增加了一双前蹄，跑得特别快。

◎

马才走，大象也去叩头：

“我的耳朵可以扇风、尾巴可以拍打，还有能拿东西的鼻子，我也希望和马一样，换一双前脚，比较强壮。”

于是大象有了两条粗重的前腿，而且因为腿生得壮，能承受体重，就一天到晚吃，成了庞然大物。

◎

玉皇大帝回头，看见人，走过去笑着问：

“大家都不要手，你是不是也要换样东西啊？”

人想了想，摇摇头说：

“谢谢大帝，我看算了！因为我身上没毛，特别容易被叮，不是这儿痒，就是那儿痒。我宁愿有双手，打蚊子、抓痒。”

于是人有了一双细细长长，又生着扁圆指甲，特别适合抓痒的手。

没想到，千万年下来，人们靠着这双手，不但抓了痒，而且造了飞机，飞得比鸟还高；造了汽车，跑得比马还快；发明了起重机，力气比象还大。

人成了万物之灵。

人能有今天，确实全仗一双巧手。

这双手的十指不短也不长，大拇指与其他四指的距离不远也不近。它不像猩猩，手长而指短，虽然适于爬树，却拙于使用工具；也不像狮子、老虎的前脚，爪子虽利，却拿不起东西；更不像牛马，硬硬一双蹄子，除了跑路，什么都不能做，连人骑上了它的背，都因为没有手，不能把人抓下来。

手生在人身体中间的位置，往上可以梳头，往下可以捏脚，往后可以抓背，往“夹缝处”可以擦屁股。你几曾见过马用前蹄抓背，又几曾见过哪种动物，能弯下身来擦屁股？

怪不得我们的老祖先，造字时总把身上的各部分与手结合在一块——

头上长了跳“蚤”，要用“手”去“搔”。

眼睛怕亮，要用“手”遮着“目”来“看”。

“鼻”子不通，要用“手”捏着去“擤”。

“肩”上扛东西，要用“手”帮着去“掮”。

小声说话，要用“手”遮着“口”去“扣”。

追逐猎物，要“手”、“足”并用地去“捉”。

至于身上出了问题，不论要捏、要揉、要捶、要掐、要搧、要搓、要拧、要“推拿”、要“动手术”。

请问，哪样不用手？

◎

手还能替代我们的五官，做许多事。

眼睛看不见，手帮着看，它能摸“盲人点字”。

嘴巴说不出，手帮着说，它能比出细腻的手语。

合手“为十”、拱手“为礼”。用手抱胸表示“抗议”，以手摸颈，表现“厌烦”；双手叉腰有敌意，两手负背是自信。“有两手”的人还能“偷偷下手”，扮演“幕后那只黑手”，弄得人“措手不及”、“举手投降”。

◎

正因为我们做的事，多半要经过手，所以手是最了解我们内幕，也最能记录我们生活的。

刚生下的孩子，细细嫩嫩，虽有手纹，却不明显。但是随着他的成长，由于他的工作，那掌纹就一天天地加深。

总拿粗重工具的，因为常攥着锄头或斧头的“柄”，“感情线”变得特别深而直，就算天生不是“断掌”，也有了“断掌”的折纹。

总拿毛笔的，因为攒着五指，挤压到手掌，“智慧线”就变得特别明显。

总打算盘的，手心老朝下，却磨不到掌心，加上地心引力，那掌心的肉就特别丰厚而细致。

总拿拐杖的老人，拐杖的“把子”直直压在手掌的中线上，那“生命线”，则变得特别深。

与其说“人的手相能影响一生”，不如讲“人的一生能影响手相”。许多看手相的术士，就靠这一点，而料事如神。

◎

据说五十年代，美国更有位“奇人”，单凭握手的感觉，就能把对方摸透。连警察都请他出马，破了不少大案，还拍成电影。

只是听说警察都不敢跟他握手。

对这特异功能，我虽然存疑，但是几十年握手握下来，真觉得能在那一握之中有些“感触”。

记得有一次跟位名将握手。上面看到将军脸上鲜明的轮廓，和深深的“法令纹”，下头却握到个柔弱无骨、光滑细腻的手。我便想，将军毕竟是将军，不必自己拿枪杆子、挖战壕。他工于心计，少于动手，却能“一将功成万骨枯”。

相反地，有一回与个美艳的少妇握手。握住，吓一跳，那手好像来自另一个世界，粗砺得如同砂纸。据此便能知道，她在家实际是个勤劳的妻子。

接着见到她的丈夫，又瘦、又干、又小，居然出手奇重，仿佛用那狠狠一握，告诉每个人：

“别打我老婆主意。”

汗手，也是予人印象深刻的。

有一回参观摄影展，十分佩服地过去向主人伸出手，他迟疑了一下，很怯懦地反应。他的手湿湿凉凉的，像刚从北极游泳回来。

才接触，他便把手抽了回去，靠近我，小声说：“对不起，我手出汗。”

我突然领悟，那些孤寂而内敛的作品，都出自一颗“热热的心”和一双“冷冷的手”。

◎

当然，最冷的还是死人的手。

西方人死了，家属总把死者的手放在胸前，交叉着如同祈祷，表示问心无愧，平平安安地“回天家”。

中国人死了，只是把手平平地放在身体两边，用青衫白袖盖着，表示“清清白白”过一生。

倒是耶稣的画像，无论钉在十字架上、双手伸向天国，或垂在身侧，都是掌心朝前，露出钉痕。

◎

我常看着自己的手，想手的一生——

呱呱坠地，没见到妈妈的脸，先接触产婆的手，那双手把我们接到这个世界。

然后我们就伸着小手要抱抱、要亲亲、要吸吸。

吸着妈妈的奶，还伸出一只手，摸着另一个奶。

我们被双手抱着摇，被一手牵着走，走着走着走去了另一个人的身边，抱着他、被他抱，抱出娃娃，又抱娃娃。

再过十几年，我们可能站在机场，向我们的娃娃不断挥手，直到远远那只手不见了，才转身，用手擦眼泪。

而后，我们老了，不再挥得动，甚至颤抖得端不稳一杯水。我们被送进医院，四周好多医生和护士的手。

我们的手上挂着名牌，插着管子，皱皱的，带着少年时打斗留下的疤、青年时负心留下的债、中年时炒菜烙下的伤……

我们瞳孔散大，看不见也听不清了。只觉得有许多双手，握着自己的手。

他们紧紧地握着、摇着、喊着、哭着。

最后——

他们没放手，是我们撒了手。

脚

FEET

听她的话，

看那双脚，

好像面对一片辛酸的岁月，

与万里的江山。

喜欢那种心跳的感觉

从许多年前就构想着一部科幻小说——

生物工程的技术愈来愈进步，有一天科学家居然用人和植物的细胞结合，制造出一个真正的“植物人”。

这“植物人”跟一般人看来完全一样，能说、能走、能工作，惟一的不同是每天必须有好几个小时，光着脚，站在土地上，吸收大地的灵气与营养，才能生存。

于是他可能开会开一半、谈情谈一半，甚至做爱做一半，突然大叫一声不好，立刻冲出门去，脱下鞋袜，一动不动地站在土地上。

有一天，在一个大城市，他已经能源耗尽，却找不到一块土地，连花盆里种的都是假花，他拼命地寻找、疯狂地奔跑，终于愈跑愈慢，停下来，萎缩，成为一个干枯的臭皮囊。

◉

我有这个灵感，是因为常觉得自己就像那“植物人”。无论多忙，我总要光着脚在地上走走，才觉得神清气爽。

我觉得这一点也不稀奇，甚至猜想每个人都有这种需求，只是不自觉。

想想，人类在地球上出现，过去的几百万年，真正穿鞋子的时期，不过千分之一。我们世代的“老祖先”，不是总光着脚在土地上行走吗？

千年万代的人类，既然天天让脚掌与土地沟通，当然“脚”与“土地”会产生深深的默契。

中国人早就发现脚底的穴道，跟我们的五脏六腑相通，我有位热衷此道的朋友甚至说：

“你平常只要用力压脚底不同的位置，发现哪里痛，八成就是身上相关的器官出了毛病。三十多年前，日本科学家还发现某地区的人长得特别高，深入观察，那些人吃的、喝的都很普通，惟一的差异，是他们每天光着脚在当地特有的高低不平的路面行走，于是知道刺激脚底又有增高的效果。”

◎

每次看公园里男女老少，光着脚在“健康步道”上走来走去，我都想：动物虽然和植物不同，可以移来移去，还是跟大地脱不了关系。那大地散发出的消息，也总是最先传达给我们的脚。我们靠大地的“无尽藏”生活，在大地上行走，死后葬在土地之中，大地真是无时无刻不在照顾我们。

尤其到了北方，每次暮冬，看水里的鸳鸯嬉戏，我更心想:“古人说‘春江水暖鸭先知’，其实也可以讲‘春天地暖脚先知’。”

可不是么！当大地冰冻，你走出门，最先知道的是脚，由脚下硬硬的感觉告诉你。

当那大地开始解冻，也是你的脚先知道。因为地表融解了，下面还冻着，水渗不下去，就湿漉漉地浮在地表，踩上去黏黏软软的。

然后，小草的嫩芽偷偷发育了，也是你的脚先知道，只觉得走在草地上，多了一分弹性。连泥土都在解冻之后，像是冻过的豆腐，变得松软有力了。

◎

在亚热带的台湾，我也有过“脚长眼睛”的经验。

记得少年时，有一次登山，只因为贪玩，在山上停留过久，结果虽然一路赶下山，天却已经黑了。

没有月亮，也没有星光与灯火，寒风在山谷里呼呼地吹着，我们一行人居然连手电筒都忘了带，稍不小心，就要滚下悬崖。

我们靠什么脱险？

靠脚!踩着以前下雨天，车子在泥土路上压出的凹痕，居然摸出几里山路，找到了人家。

◎

“脚”就是这么妙，我们可能从一起床，就把“它”狠狠地塞进各式各样的鞋子里，再将全身的负担加给它。让这一双“脚丫子”，带着我们上学、上班、跳舞、爬山。臭是它、累是它，被诅咒的还是它。

我们总觉得“双手万能”，为手作保养；也总觉得耳目的重要，可以享尽“声光之娱”，却难得想到脚的劳苦功高。只有到了紧要关头，才发觉“脚底抹油”的重要。

◎

我的老母倒是常为脚底抹油。

尤其冬天的晚上，总见她坐在荧荧一灯的床边，往她的“解放脚”上搽润滑的油膏。

“看到这双脚，就想起你姥姥，就恨她。”老人家摇着头：“小时候逼我绑小脚，不但绑，还逼我绕着桌子走。小丫头，受不了，偷偷解开了，就被狠狠地揍。绑成了这样子，多疼、多不方便，却从北京走到重庆，又到了台湾，来了美国……”

用了九十年，那双脚不但变形，更因为折着脚趾头，皮肤老化，容易裂。

听她的话，看那双脚，好像面对一片辛酸的岁月与万里的江山，也就想起附近皮鞋店老板，指着我向他买的那双鞋说：

“看看!是谁带着你跑了地球一圈？你连点鞋油都不搽，磨成这个样子，它还不破，可见我的鞋有多结实。”

“破了!”我说：“磨破了我的脚。”

◉

也想起一位朋友的感叹：

“女儿出嫁了，却忘了一双旧鞋，放在门口。我每次回家，看到，都心一跳，觉得女儿还在家里，想想，心又一跳，猜女儿是回家了。”他低着头：“打开门，冷冷清清，关上门前，还再看看那双鞋。每次想收起来，或扔了，都没做。留着，给自己回家时，留两次心跳的感觉。”

◉

当天晚上，我对妻说：

“女儿的鞋，穿小了，别扔，每三年选一双她穿过的旧鞋存起来。”

“你发疯啦？”

“不!等女儿出去念大学了，把一排鞋子摆在门口，就想到过去带她走的每一段岁月，就心一惊、一喜、一伤……”

“何必呢？”

“不!”我说：“我喜欢那种心跳的感觉。”

后记

POSTSCRIPT

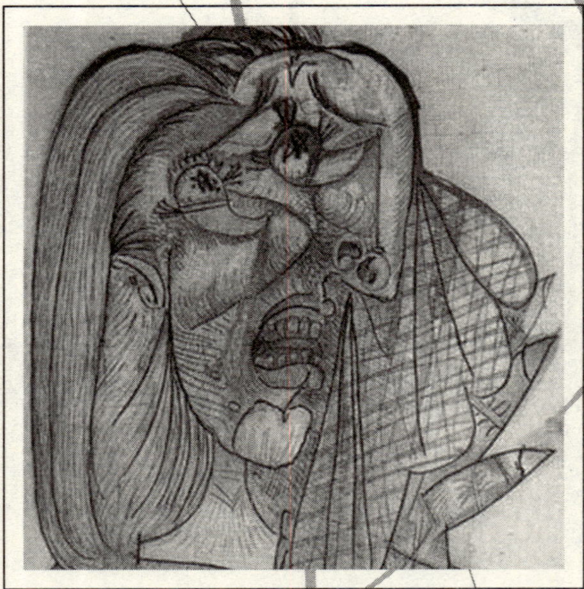

无怨无悔的坚持

自从两年半前，出版《我不是教你诈 1》，就常接到读者的来信，催促我出续集。一年前出版第二集之后，又有许多来函，催促我推出第三集。

虽然《我不是教你诈 3》的资料早准备好，也相信写出来一定能畅销。我却把它搁下来，先写了两本“怪书”。一本是以十八万字描写一只螳螂的《杀手正传》，一本是这专写人身器官的《在灵魂居住的地方》。

我知道这两本书极可能吃力不讨好。但我仍然决定先把“它们”完成，因为自从我一九七二年出版第一本书时，就已经给自己定下个写作的原则——

“不要因为读者喜欢看，而写给他们看；要写给他们看，并使他们爱看。”

我认为一个作家，应该超越时代，以最敏锐的触觉去感受时代的脉动，成为社会的代言人；一个作家更应该超越自己，打破原来写作的格局，虽九死其犹无悔。

这本《在灵魂居住的地方》和上一本《杀手正传》，就是我无悔的产物，我知道它们可能“特殊”了些，但为了超越，我必须做出新的试探。

◉

许多文艺圈的朋友说“文学死亡了”。我从来不同意这句话，即使面对现在极度商品化的出版走向，我仍然认为文学只是换个方式存在。文学与音乐、绘画、舞蹈一样，是人类共同的需求，无法勉强，也不会灭亡。

我也不认为用艰涩词语写出的深奥难懂的东西才是文学。因为所有的作品都该植根在生活的土壤里，文学应该走入群众，引发人们的共鸣，才能有血、有肉、有灵魂，也才能被历史肯定。

《在灵魂居住的地方》出版时，距离我写作《萤窗小语》第一集，正好是二十五个年头。过去的四分之一世纪，我写了五十本书。对这些作品，我都钟爱，但从不得意。如果说稍稍还有些自许的，应该是——无论畅销与否，我总在写。不多，也不少。我所经营的“水云斋”也总在做些我们觉得有意义的事，甚至误了“正业”，也无悔。

我们将继续办青少年免费咨商、继续赠送附点字的有声书给盲人，继续印制画卡提供公益团体义卖、继续支持对未婚妈妈的照顾，以挽救无辜的小生命；继续支持马来西亚的华文教育以及大陆的希望工程……

当然，我们也会一如往昔地出版深情散文、励志处世文集、画册，以及像这本书的“实验之作”。

这些坚持，都因为有您的支持，也盼您继续“支持”我们的“坚持”。

在这写作出版二十五周年，让我率领全体水云斋的同仁，向您敬致最深的谢意。

刘墉年表

一九四九年	·祖籍北京，二月生于台北市。
一九五五年	·入台北市龙安“国民小学”。
一九五八年	·父亲刘世骏逝世。
一九六〇年	·获台北市“教育局”办全市演讲比赛小学组第一名。
	·代表台北市获“教育厅”办全省演讲比赛第三名。
一九六一年	·入台北市大同中学夜间部。
一九六二年	·家中失火，夷为平地，母子二人于废墟间筑一草房以栖身。
一九六四年	·迁居台北市金山街一栋小木楼。
	·师从胡念祖先生习国画山水。
	·入台北市成功高中。

	·获台湾全省学生美展"'教育厅长'奖"（大专高中组第二名）。
	·获台北市"教育局"办全市演讲比赛高中组第一名。
	·代表台北市获台湾省"教育厅"办全省演讲比赛高中组第一名。
一九六五年	·获台北市"教育局"办"国语竞赛"演讲第一名。
	·再获台湾全省学生美展"'教育厅长'奖"。
	·因肺病休学，在家自修绘画及诗。
	·师从郭豫伦先生习素描、水彩。
一九六六年	·复学，任《成功青年校刊》编辑及设计。
一九六八年	·以第一志愿考取台湾师范大学美术系。
一九六九年	·任"中国写作协会"台湾师大分会负责人，主编《文苑杂志》。
	·与台湾师大公训系同学毕薇薇相识，同演校内舞台剧并恋爱。
	·迁居至台北市长安东路铁道边违建贫民区。

一九七〇年 ·主演《红鼻子》(姚一苇编剧，又名《快乐的人》)舞台剧。

·编导朗诵诗《巨人颂》，获“全省青年学艺竞赛”第一名。

一九七一年 ·获“中国新诗学会”颁发“优秀青年诗人奖”。

·与毕薇薇在台北地方法院公证结婚。

·指导诗剧《宋王台畔》(赵滋蕃诗)，获“中国新诗学会”“全省朗诵诗竞赛”第一名。

·获话剧欣赏演出委员会颁发最佳男演员“金鼎奖”。

·获台湾师范大学学生最高荣誉“进德修业奖”。

一九七二年 ·获台湾师范大学美术系师生美展国画第一名“‘教育部长’奖”。

·《听蜀僧浚弹琴图》由“历史博物馆”选送第八届中国台湾与日本美术交换展。

·任“中国新诗学会”副总干事。

·主演《武陵人》(张晓风编剧)舞台剧。

	·师大毕业，应聘为台北市成功高中美术教师。
	·参加第二届全省书画展。
	·育子轩。
	·于《幼狮文艺》发表《中国绘画的符号》，是为一九八四年出版之《山水写生画法》的理论基础。
	·主持台湾及金马地区最大规模电视联播《全民自强晚会》。
一九七三年	·主持"中视"益智节目《分秒必争》。
	·应聘为台湾省"中国电视公司"新闻部记者。
	·应聘为师大喷泉诗社指导教授。
	·出版《萤窗小语》第一集。
	·代表台湾省出席第二届世界诗人大会。制作并与邱燮友教授联合执导"中国诗之夜"。
	·获"历史博物馆"邀请参加第二届当代名家画展。
一九七四年	·应邀（免审查）参加台湾第七届全省美展。
	·应聘为淡江大学吟灯诗社指导教授。

· 获中山学术文化基金会奖助出版《萤窗小语》第二集。
· 应邀第三届当代名家画展。
· 应“历史博物馆”邀请参加中国台湾名家美国巡回展。
· 开始《唐诗句典》编类整理工作。
· 应邀参加第十届亚细亚现代美展。

一九七五年 · 应“中国画学会”邀请参加中国台湾名家日本巡回展。
· 代表台湾省“美术教育协会”赴日、韩考察。
· 获中山学术文化基金会奖助出版《萤窗小语》第三集。
· 应邀参加第四届当代名家画展。
· 应“历史博物馆”邀请举办首次个人画展。
· 画作入藏“中正纪念堂”。
· 应邀在香港世界华人基督教大会中主演舞台剧《庚子年》(张晓风编剧)。
· 应邀参加第十一届亚细亚现代美展。

一九七六年 · 制作并主持台湾“中视”《时事论坛》

节目，获金钟奖。
· 应邀参加纽约圣若望大学亚研中心台湾当代名家展。
· 出版《萤窗小语》第四集。
· 应邀参加第十二届亚细亚现代美展。
·《萤窗小语》由"国防部"选印为官兵优良读物。获"国防部"荣誉纪念状。
· 应邀参加美国华李大学杜邦美术馆画展。
· 与周澄、林千乘、李义弘、涂璨琳合组"西窗雅集画会"。并在"历史博物馆"举行联展。
· 应"历史博物馆"邀请参加第五届当代名家画展。

一九七七年 · 出版诗画散文集《萤窗随笔》。
· 画作入藏"历史博物馆"。
· 应邀（免审查）参加第八届全省美展。
· 应邀参加美国加州工业科学博物馆"中华现代美术工艺展"。
· 应邀参加第十三届亚细亚现代美展。
· 应德航邀请赴挪威、英、法、德、意

访问，并在“中视”制作主持《欧洲艺术巡礼》。
· 在“历史博物馆”举行第二次个展。
· 迁居台北英伦大楼。
· 应邀参加“国父纪念馆”当代名家画展。
· 获《综合电视周刊》读者票选为最受欢迎电视记者，旋即辞去“中视”记者工作。

一九七八年 · 由“行政院新闻局”及“历史博物馆”推荐前往美国讲学及展览。
· 应聘为“中视”驻美代表。
· 应聘为维州丹维尔美术馆驻馆艺术家。
· 应“国父纪念馆”邀请参加当代名家展。
· 应维州布拉斯堡版画画廊之邀举行个展。
· 应邀于维州马丁斯维尔艺术中心与邵幼轩女士举行联展。
· 应邀于丹维尔美术馆举行个展。
· 应邀参加哈利福克郡艺术联展。
· 应纽约圣若望大学之邀，与邵幼轩

女士在“中正画廊”举行联展。

· 应纽约新闻处之邀，与邵幼轩女士举行联展。

· 应田纳西州诺克斯维尔市邀请，在李察巴哈画廊举行个展。作品由市政厅收藏。

· 应南卡罗来纳州格林维尔市民众艺廊之请举行个展。

· 应南卡坎普顿艺术中心之邀举行个展。

· 应俄亥俄州立大学之请在垂索里尼画廊个展，并在该校艺术系任讲座一个月。

· 应维州诺夫克摩尔画廊之邀举行个展。

· 应邀于弗罗里达州潘塞可乐市魁赛画廊举行个展。

· 赴尼加拉瀑布写生。

· 出版《萤窗小语》第五集。

· 应邀参加西德亚东博物馆“中国绘画展”。作品由亚东博物馆收藏。

一九七九年 · 应聘为纽约圣若望大学中国画指导

教授。
- 制作并主持《中国民歌之夜》，在曼哈顿演艺高中公演。
- 出版译作《死后的世界》（瑞蒙模底原著）。
- 于“历史博物馆”举行第二次“西窗五友画展”。
- 应“历史博物馆”之邀，参加“当代海外中国名家画展”。
- 应华李大学之邀在杜邦美术馆举行个展。
- 出版《萤窗小语》第六集。
- 入纽约圣若望大学东亚研究所。
- 赴大峡谷写生。

一九八〇年
- 应邀（免审查）参加第九届全省美展。
- 应纽约“中华艺廊”之邀，参加“当代中国名家画展”。
- 应纽约“中华文化中心”之邀参加海外名家画展。
- 应圣若望大学之邀在“中正画廊”举行刘墉师生画展。
- 应聘为纽约圣若望大学专任驻校艺

术家，兼艺术系及圣文森学院教职，教“东亚美术概论”、“中国绘画”、“素描”、“创作经验与技法”等课程。

· 应“教育部国际文教处”及加拿大安大略省文化部邀请，参加“中国青年书画家加拿大巡回展”。

· 与家人在美国团聚，并定居纽约。

· 出版与西冷教授合绘之《牡丹芍药画谱》。

· 再应维州布拉斯堡版画画廊之邀举行个展。

· 应纽约新闻处之邀，举行刘墉师生联展。

一九八一年 · 离台四年后首次返台。

· 由纽约圣若望大学出版《The Real Tranquility》电视专辑。

· 应乡音合唱团之邀担任《长恨歌》独颂，在纽约林肯中心演出。

· 应纽约圣若望大学“中正画廊”之邀举行个展。

· 于联副发表《诗朗诵团体的建立与演出》，是个人研究朗诵诗十年之重要理论作品。

- 主持纽约至善画会在“中华文化中心”展出。

一九八二年
- 返台。应邀于台北市龙门画廊举行“真正的宁静”个展。
- 应邀于台北市今天画廊举行“从绚烂到宁静”个展。
- 应邀于纽约市立皇后美术馆与马白水、胡念祖、李茂宗举行“来自台湾的艺术家展”。
- 应台南“市政府”之邀，参加“千人美展”。
- 出版《春之颂》画集。
- 出版《萤窗小语》第七集。
- 出版诗、画、散文集《真正的宁静》。

一九八三年
- 应圣大“中正画廊”邀请举行刘墉师生画展。
- 应邀(免审查)参加第十届全省美展。
- 与纽约大都会美术馆为恽寿平花卉写生册之鉴定观点差异展开论战。
- 应纽约东方画廊邀请参加纽约华裔画家作品展。

	·出版《花卉写生画法（The Manner of Chinese Flower Painting）》（中英文版）。
	·应邀参加美国东部“华人学术联谊会”举办之名家艺术作品展。
一九八四年	·应台北“市立美术馆”邀请参加“中华海外艺术家联展”。
	·获全美中华妇女联合会颁杰出贡献奖。
	·应台南“市政府”邀请参加台南市文化中心落成“国画西画名家联展”。
	·出版历经十三年绘著完成之《刘墉山水写生画法（Ten Thousand Mountains）》（中英文版）。自定“师古期”告一段落。
	·《萤窗小语》在台印数突破五十万本。
	·幽默散文集《小生大盖》由皇冠杂志社出版。
	·赴日韩写生并收集资料，写成《水云斋在奈良》中篇小说。
一九八五年	·于纽约第安德斯画廊举行刘墉师生

画展。

· 应台北"市立美术馆"邀请参加"国际水墨画特展"。

· 第四度赴尼加拉瀑布写生。

· 出版《刘墉翎毛花卉写生画法（The Manner of Chinese Bird and Flower Paintings）》（中英文版）。

· 入纽约哥伦比亚大学博士班，主修美术教育。

一九八六年 · 应邀担任美国水墨画协会国际展主审。

· 应美国水墨画协会邀请参加于纽约萨玛甘地艺术中心举行之二十一届年展。

· 出版散文集《点一盏心灯》。

· 出版散文小说集《姜花》。

· 出版历经十余年编写完成之《唐诗句典》。

一九八七年 · 应师大美术学会邀请参加"欧美地区中国画家联展"。

· 应纽约海外电视公司邀请，制作《中国绘画技法专辑》。

· 出版从黄君璧多年研究完成之《黄君璧白云堂画论画法(Inside The White Cloud Studio)》(中英文版)。是黄教授惟一一本画论画法专著。获太平洋文化基金会赞助。

· 升任纽约圣若望大学、圣文森学院副教授。

一九八八年 · 应"省立美术馆"邀请参加"美术发展展"。

· 应纽约华侨文教中心之邀，与马白水、胡念祖、张道林、王己千、廖修平、韩湘宁、陈瑞康举行联展。

· 出版从林玉山教授多年完成之《林玉山画论画法 (The Real Sprit of Nature)》。是林教授惟一一本画论画法专著。获太平洋文化基金会赞助。

· 自定"研究当代大师画法期"告一段落。

· 偕母赴北京、天津等地探亲并写生。

一九八九年 · 出版散文小说集《四情》。

· 出版散文集《超越自己》。

· 育女倚帆。

·迎岳父母移民美国同住。
·出版《刘墉画选(The Real Tranquility)》(中英文版)。
·于台北市新生画廊举行个展。

一九九〇年 ·应“广电基金”邀请返台为制作《中国文明的精神专辑》进行评估。
·赴黄山写生。
·为《财富人生》杂志撰写《艺林瑰宝》专栏。
·出版《创造自己》、《纽约客谈》。
·移居纽约长岛。
·应台北有熊氏艺术中心邀请举行“黄山归来”个展。
·《中国绘画的省思》系列在《中国时报》发表。

一九九一年 ·向圣若望大学请假三年。
·应财团法人广播电视发展基金会邀请返台,主持《中国文明的精神》脚本编撰工作。
·出版《肯定自己》、《爱就注定了一生的漂泊》。
·在台成立水云斋文化事业有限公司。

	·携子刘轩赴祖国大陆考察研究。
一九九二年	·画作入藏纽约“中华文化中心”。出版《人生的真相》、《生死爱恨一念间》。
	·再赴祖国大陆考察研究。
	·《中国文明的精神》编撰工作完成，共计二十七万字，三十集。
一九九三年	·应邀参加“中正纪念堂”“中正画廊”开幕“当代名家国画油画大展”。
	·当选“中国美术协会”理事。
	·出版《冷眼看人生》、《属于那个叛逆的年代（改写刘轩原著）》、《离合悲欢总是缘》。
	·开始在祖国大陆出版各种作品的简体字版。
	·偕妻赴英、法、德、比旅游写生。
一九九四年	·辞圣若望大学教职。
	·开始印制刘墉画卡义卖（至二〇〇二年共六十五种、八十余万张）。
	·义卖与刘轩合作完成之《从跌倒的地方站起来飞扬》有声书，为台南德兰启智中心募款。
	·携子刘轩展开“从无声的爱到有声

的爱”募款义讲活动，两项活动共募得逾千万元新台币。

- 获台南“市长”颁“台南市钥”。
- 偕妻赴挪威旅游写生。
- 出版《冲破人生的冰河》、《做个飞翔的美梦》、《把握我们有限的今生》。
- 在台北成立“水云斋青少年免费咨商中心”。

一九九五年

- 应马来西亚华校董事联合会总会邀请，前往吉隆坡、新山、双溪、大年等地为侨教募款义讲。
- 出版《我不是教你诈1》、《迎向开阔的人生》、《在生命中追寻的爱》。
- 应邀（免审查）参加第十四届全省美展。
- 应统一企业邀请作全台十一场巡回演讲。
- 将《在生命中追寻的爱》版税及演讲收入新台币七十二万元及画卡二十万张捐赠伊甸社会福利基金会，并举行为残障人义卖活动。

	·赴威尼斯写生并于其后偕妻在意大利旅游。
	·义卖有声书《这个叛逆的年代》(马来西亚董总出版) 收入作为董总推展侨教之用。应马来西亚《南洋商报》邀请开辟专栏。
一九九六年	·当选金石堂"年度风云人物"。《迎向开阔的人生》获选为"年度最具影响力的书"。
	·义卖有声书《在生命中追寻的爱》。(伊甸社会福利基金会出版。收入作为伊甸照顾残障人之用)。
	·应上海汉语大辞典出版社邀请,前往上海、杭州、北京等地学校演讲。
	·应马来西亚董总邀请,前往巴生、槟城等地做募款演讲。
	·应新加坡世界书展邀请,前往新加坡演讲。
	·出版《生生世世未了缘》、《抓住心灵的震颤》、《我不是教你诈2》。
	·将《我不是教你诈2》的版税,新台币五十万元及绘画原作等捐赠伊甸

社会福利基金会，并举行残障娃娃家庭社区服务专案募款活动。

· 担任花旗银行“电话送爱心”为残障小朋友募款活动代言人。

· 获“内政部”颁发“特别志愿服务奖章”。

· 经金石堂统计为十年来台湾最畅销作家。

一九九七年

· 应祖国大陆《中学生月刊》邀请撰写专栏，稿费捐赠希望工程。

· 长篇小说《杀手正传》于《中国时报》连载。

· 通过《中外少年》杂志捐助206位大陆贫苦大中学生升学。

· 携妻女赴瑞士旅游写生。

· 为马来西亚华校董事会总会在全马作巡回募款演讲。

· 义卖画卡，为美国“美华防癌协会”募款。

· 出版《寻找一个有苦难的天堂》、《杀手正传》、《在灵魂居住的地方》、《创造双赢的沟通》（与刘轩合著）。

· 录制《爱的变化与飞扬》、《在灵魂居住的地方》并出资制作为附点字有声书，交台北爱盲文教基金会赠与盲人。

· 应邀至沈阳、长春、南宁、桂林等地演讲。

一九九八年 · 与高希均率"台湾畅销作家访问团"赴北京、上海、苏州、西安等地演讲座谈，再应邀赴南京、重庆等地演讲。

· 出版《攀上心中的巅峰》、《我不是教你诈3》、《对错都是为了爱》。

· 应邀参加第九届全国书市开幕典礼，并应五大出版社联合邀请赴北京、成都、昆明、西安、上海、杭州、常州、合肥等地巡回演讲。

· 捐出版税十万元人民币与接力出版社合办"下岗工人子女征文比赛"。

· 捐赠三万张画卡给"美华防癌协会"义卖。

· 开始连续四年每年资助泰北培中小学聘教师一人。

- 当选“中国美术协会”理事。
- 赴九寨沟写生

一九九九年
- 以祖国大陆所得版税在四川普格县建成“薇薇希望小学”。
- 在台成立“超越出版社”，任发行人。
- 应马来西亚《星洲日报》邀请撰写专栏（此后《南洋商报》专栏之稿费收入均捐给董总推展华教）。
- 应邀（免审查）参加第十五届全省美展。
- 捐款新台币一百万元及画作两幅供“九二一”大地震救灾之用。
- 捐赠六万张画卡给“美华防癌协会”义卖。
- 应邀前往广州、中山、长沙、北京、大连、沈阳等地巡回演讲。
- 据状向沈阳市中级法院控告盗版经销商。
- 据中国图书商报统计，刘墉在当年文学类排行榜有二十本书进入“一百大”。
- 动手术割除胆囊。

· 出版《做个快乐读书人》、《一生能有多少爱》、《你不可不知的人性》、《面对人生的美丽与哀愁》。

二〇〇〇年 · 母亲刘陈淑华病逝纽约长岛犹太人医院，享年九十二岁。

· 居丧，捐赠十余个台湾慈善团体，并通过纽约“菩提心基金会”在四川捐建十所“慈恩小学”以纪念母亲。

· 迁居纽约长岛莱克瑟丝湖畔。

· 沈阳官司胜诉，所获赔款悉数捐作公益。

· 应邀参加第十一届全国书市（南京市），并在南京、北京、济南、青岛、深圳等地演讲。

· 出版《抓住属于你的那颗小星星》、《爱何必百分百》、《把话说到心窝里》、《你不可不知的人性2》。

二〇〇一年 · 在贵州捐建四所“帆轩希望小学”（帆轩一小至四小）。继续通过“菩提心基金会”长期资助大陆学生。

·《当我最浪漫的时候》由漓江出版社出版。

· 应邀参加纽约"中华艺廊"海外名家画展。

· 出版《爱又何必矜持》、《我不是教你诈4》、《小姐小姐别生气》、《因为年轻所以流浪》(《小姐小姐别生气》由大陆接力出版社以《成长是一种美丽的疼痛》出版)。

· 携刘轩应邀赴北京接受中央电视台《聊天》等节目访问并演讲。

二〇〇二年 · 出版《把话说到心窝里2》、《捕梦网·生命的启示》、《不要累死你的爱》、《创造超越的人生》、《那条时光流转的小巷》。

· 捐赠十万张画卡给"美华防癌协会"义卖。

· 在四川、贵州续捐建六所希望小学。

· 当选"中国美术协会"监事。(以后迄二〇〇五年均任监事)

· 赴瑞典、丹麦、挪威旅游写生。

· 应邀前往福州、泉州、贵州、北京、山西等地演讲,并赴贵州帆轩四小参观。

· 赴太原华塔寺拜访大爱师父。

· 为山西公益活动在太原举行募款演讲。

· 赴壶口瀑布写生。

二〇〇三年 · 授权泰国南美出版公司出版“成长系列”泰文版。

· 应邀赴北京、南京、洛阳、安徽、郑州等地巡回演讲，并上中央电视台《实话实说》、凤凰卫视《名人面对面》等节目。

· 赴龙门写生卢舍那大佛。

· 全家在北京团聚，陪帆轩四小目疾小朋友孙琴珍在同仁医院治疗，并上中央电视台《讲述》新年特别节目及湖南卫视《真情》等节目。

· 出版《教你幽默到心田》、《母亲的伤痕》、《爱原来可以如此豁达》、《靠自己去成功》、《爱不厌诈》、《人就这么一辈子》、《该你出头了》（后两本为《萤窗小语》四、五集改编）。

· 续在贵州捐建四所希望小学。

· 水云斋及超越网站建立。

二〇〇四年 · 应邀赴北京上中央电视台《成长在线》等节目。

· 赴加拿大落基山旅行写生。
· 赴香港、泰国作“文字学”研究。
· 出版《点滴在心的处世艺术》、《爱，因为抓不住》、《点燃快乐的炉火》、《平凡一点多好》（后两本为《萤窗小语》六、七集改编）。
· 续在贵州及四川捐建五所希望小学。

二〇〇五年
· 应邀赴北京，出席《花痴日记》新书发表会。并将首版七万本版税捐给“燃灯助学基金会”及“慈济”作为救助南亚海啸灾民之用。
· 授权中国盲文出版社，制作出版《从跌倒的地方站起来飞扬》、《在灵魂居住的地方》、《这个叛逆的年代》、《在生命中追寻的爱》、《爱的变化与飞扬》有声图书，并将全部版税捐助给中国残疾人福利基金会和希望工程。
· 续在贵州捐建二所希望小学。
· 出版《花痴日记》、《跨一步，就成功》、《爱为什么总矛盾》。
· 应中国盲文出版社邀请在中国各地举行巡回演讲及义卖。